Wilhelm Genazino

# そんな日の雨傘に

ヴィルヘルム・ゲナツィーノ　鈴木仁子［訳］

白水社
ExLibris

そんな日の雨傘に

バーバラに

装丁　緒方修一
カバー写真　ゲッティイメージズ

# 1

学校の生徒がふたり、広告柱の前に立っていて、貼ってあるポスターにぺっと唾をはきかける。そして唾がたらたらと広告柱をたれていくのを見て、笑い声をあげる。私はすこし足をはやめる。以前はこういう場面に出くわしても、もうちょっと辛抱がきいた。このところすぐに気に障るのが、自分でも嫌になる。またしても燕が数羽、歩行者用の地下道にさあっと飛びこんでいく。地下鉄の駅のなかにまっしぐらに飛びこんで、八秒か九秒後に反対側の出口からまた外へ抜けていくのだ。できることなら私も地下道を通り抜けていって、燕たちに脇を追い越させてみたい。しかし同じ失敗をくり返してはいけない。最後にこの地下道を利用したのは、二週間前だった。そのとき燕はたしかに脇をすり抜けていったが、それにはあいにく二、三秒しかかからなかった。すると、はじめは見えていなかった濡れた鳩に気がついた。何羽か、タイルを張った隅っこに寄り集まっていた。地面に寝ていたホームレスの男がふたり、鳩をかまおうとした。呼んでもおいでおいでをしても鳩が反応しなかったものだから、ホームレスは鳩に罵声をあびせた。私が自分の右の靴の先っぽに乾いたケチャップがこびりついているのを見たのは、そのすぐあとだった。どうしてそんなところについたのか憶えがなかった。いまになってなんだって気がついたのか、それもなぞだった。この地下道はもうぜったい通らない、とそのとき私は真剣にではなく思ったのである。地下道の反対側に、グンヒルトがいるのが見える。グンヒルトとかゲルヒルトとかメヒトヒルトとかブルンヒルトとか、そういう名前の女性に、私はいささかの恐怖を抱く。グンヒルトは自分の人生を歩みながら、自分なりにものを観察するということをしない。わたしは盲目なのよ、と彼女はよく言う。冗談だが本気だ。グンヒルトには、こんな物が見えるよ、と教えてやらないといけない。そうすると彼女はやっと満足する。いまはグンヒルトと顔を合わせたいという気持ちがおきない。彼女を避けて、しばしヘルダー通りにひっこむ。グンヒルトがもし眼を開けたら、私が彼女を、少なくともときどき避けているのがわかるはずなのだが。

二分後にはもう、グンヒルトのそばに行かなかったことが悔やまれる。というのは、グンヒルトはダグマーと同じ睫毛《まつげ》をしているからだ。十六の歳の屋外プール、母のアイロン用の敷布の上で、私はダグマーに恋をした。ダグマーの睫毛は、ほかの女性が一本しか生えていないところで、同時に二本、三本、どうかすると四本生えていた。大げさでなく、ダグマーの眼は、ふさふさの睫毛に縁どられていた。グンヒルトもそんな睫毛をしている。

じっとグンヒルトを見つめていると、ふいに自分がまた敷布の上で、ダグマーのとなりに座っているみたいな心地になる。思うに、ほかの人間を忘れがたくさせるものは、経験ではなく、そういう身体の細部ではないだろうか。その人ともうとっくに会わなくなってから、はじめてそういう細部がくっきり浮かびだしてくるのだ。けれどもきょうは、ダグマーを思いだしたくはない。すでに一分ほど思いだしてしまって、水着の色まで浮かんできたけれども。私たちの子どもっぽい恋は、喜ばしからざる結末を迎えた。一年後、ダグマーが水中眼鏡をしてプールに現れたのだ。私と水に入るとき、ダグマーはきまってその眼鏡をかけるようになった。つまりは、彼女のふさふさの睫毛が突如もう見られなくなったということ。水に濡れて陽に当たると、小さなつぶつぶの砂糖みたいにきらきらと光って、すばらしく美しかったのに。私は当時、ダグマーから離れていった理由を、彼女に告げる勇気がなかった。ダグマー、水中眼鏡のせいだったんだよ――小声で口に出してみると、いまも、ちくりとした笑止な痛みをおぼえる。

ニコライ教会の脇でいまちょうど小さなサーカスが公演を打っているのだが、そこで若い女性が私に、ちょっとうちトランクを見ていてくれませんか、と頼む。いいですよ、もちろん、と私は答える。十分で戻りますので、と女性。私の足元にトランクを置くと、気安そうに会釈をして、離れていく。いつも不思議に思うのだけれど、見ず知らずの人がこうも私に信頼を置くのは、どういうわけなのだろう。トランクは小型だが、そうとう旅を重ねてきた感がある。はやくも私のほうを眺めて、トランクが私の持ち物かどうか斟酌している人たちがいる。そうですよ、トランクと私はひと組ではありません。かつて私は、人間がたがいにじろじろ眺め合うのは、なにか悪い知らせがあるのではとたえずおびえているからだろうかと思っていた。次にはこう考えた、人間はたがいに眺め合いながら、人生の面妖さを表す言葉を探しているのだ、と。人のまなざしの中には、この面妖さが——もっともそれは見て取ってほしくないものなのだが——いつどんな時もちらちらしているからだ。このごろの私は、もうものを考えない。ただあたりを見回しているだけだ。が、おわかりのように、そう言っては嘘になる。なにも考えないで通りを歩き回ることなどできないからだ。いまこの瞬間も私は考えている、人間がいっぺんに貧乏に戻ったらどんなにいいだろう、と。それもひとりのこらず、いっぺんにみんながだ。いま眺めているこの人たちが、サングラスをかけていなかったらどんなにいいだろう。ハンドバッグも、ヘルメットも、競走用自転車も、血統書付きの犬も、ローラースケートも、電波時計もなかったら。何年来着たきりすずめのボロ着のほかは、なんにもつけていない、せめて半時間、そうなったら。

いささか不機嫌なのがどうしてなのか、自分では説明がつかない。けさからこっち、私はあらゆる種類の貧乏に大いなる理解を寄せている。ぷうんと臭う男がふたり、脇を通っていく、私はたちまち彼らに心を寄せる。住処のない人たちだ、風呂もない、感受性ももうない。彼らの悲惨は、昔から人が悲惨を受け入れてきたしかたで、そのまま受け入れるしかない。あたりに突っ立って、誰のか言えないトランクの番をしているのはとてもいい気分だ。サーカスの敷地の隅に、若い女が馬を連れてきて、ブラシをかけはじめる。くっきりした力強い線を描いて、馬の背中にブラシをあてていく。顔が毛皮のまぢかにある。馬が片脚を上げ、蹄《ひづめ》で敷石を叩く。するとカポンと、得も言われぬ音が出る。ほとんど同時に、馬のペニスがにゅうっと出てくる。もう何人か、見物が遠巻きにしている。見物たちが馬のなにを見たいのか、しばらく判然としない。だが、ふたりの男の悪態から、見たいのではなく、待っているのだとわかる。待っているのだ、娘が馬の性器にはっと気づく瞬間を。あの娘はなんで一歩下がって、なにげないふうに馬の下半身に眼をやらないんだ？　娘は見物が〈見る〉というハプニングを待っていることに気づかない。心ここにあらずというふうに、馬の背に顔を寄せている。ほれほれ！　ほんの一歩でいいんだよ、そしたら見ものなのにさ。

　そこへ、私がトランクの番をしていた女が戻ってくる。左手に処方箋。なるほどわかった、医者に行ってきたのだ、けれどもトランクを引いている姿を見られたくなかった。おそらく彼女は旅行者ではないのだ、路上生活者みたいなもの、宿無し。ありがとうと言って、彼女はトランクを受けとる。そう簡単に人を信頼しちゃいけませんよ、と忠告したくなる。と同時に自分の心配を笑わずにはいられない。見物のお楽しみは、かなえられずに終わりそうだ。出てきたときと同じぐらいゆっくりしたスピードで、馬のペニスがビロード様の鞘の中におさまっていく。あちこち眺めていると、したくもない冒険にぶつかるものだ。といっても、それは自分がしてみたいとときどき思うその冒険とけっこう似ていたりするのだが。あたりでは、見物客のひそかな昂奮がおさまっていく。男のひとりが〈抽選券はここにお入れ下さい！〉と大書されているカラフルな箱のほうへ歩いていく。小さなクーポン券をスリットに入れる。もういちど馬のほうをふり返る。馬の勃起があまりにも短かったことに、男はむりにでも笑いを漏らさなくてはならない。ふと見ると、ブラシをかけていた娘が、馬の体に顔を寄せている。毛の匂いを嗅ごうとしているかのようだ。ついで両腕を高くさしあげ、ふわりと馬の背に置く。三秒ばかり、娘は馬の横腹に顔を埋めている。馬はじっとして、先刻同様あたりを見回している。毛の匂いを嗅ぐのは、格別の悦びなのにちがいない。おりしもグンヒルトが広場を通りかかる。私に気づき、つかつかと近寄ってくる。ということはこういうことだ――グンヒルトはさっきからいままで、なにも眼に入らず、なにも耳に入らず、なにも頭に浮かべなかった。じっさいその通りだ。なにか特別なことがきっとわたしに起こるはずよって、また思って歩いてたとこ！と彼女が言う。でも起こらないのよね！　もちろん、なにか起これはいいって思ってるわけじゃないんだけど、でもいつもそういうこと考えちゃう。わたしが私的に頭がヘンってことよね！　私的にってどういうこと？　私は訊きかえす。だって、わたしの頭のヘンかげん、公《おおやけ》になってるわけじゃないでしょ、それにわたしは自分で抑えをきかせてるもの、とグンヒルトは言う。グンヒルトはしだいに落ち着きを取り戻す。馬にブラシをかけている娘の戯れを彼女に教えてやろうか、私は思案する。グンヒルトが眼を伏せる。睫毛のふさふさをしげしげと見ることができる。かわいそうなダグマー！　こんな睫毛をしていなかったら、私のグンヒルトへの関心はさほどでなかっただろう。あしたかあさって、もう一度ここへ来て、娘がまた馬にブラシをかけるかどうか見よう。グンヒルトは私の隣にたたずんでいる。私がなにか指すのを待っているらしい。娘は馬を引いて、厩舎に戻っていく。

サーカスでも見る？　グンヒルトが言う。そして自分の提案を自嘲するように笑う。

いいよ、私は答える。

ちょっと、本気？

もちろんだよ。きみはちがうの？

もし行ったら、わたし、サーカスよりましなもの思いつかなかったのかしら、ってずっと考えちゃうじゃない。

そう言われて私は黙り、私たちのすぐそばのベビーカーの中で眠っている赤ん坊を見つめる。赤ん坊は眠りながら、耳慣れない音がするたびに、唇をぴくんとふるわせる。どうして唇なのだろう、どうして指でないのだろう。グンヒルトに意地悪したくなった私は、この問いを自分の胸のうちにしまう。母親がバッグからおしゃぶりを出して、子どもの口に押しこむ。その拍子に、バッグから綿棒がばらばらとこぼれ落ちる。地面に落ちて、母親の足元に散らばる。グンヒルトの靴の先にも、綿棒が二本転がっている。あ、とグンヒルトが声を出す。母親はグンヒルトの靴先に転がっている二本をのぞいて、ぜんぶの綿棒を拾いあつめる。グンヒルトは、二本の綿棒を拾って母親に渡すことができるはずだ。だがグンヒルトはサーカスに行くことも、綿棒を拾うこともできない。こういう状況でグンヒルトにできるのは、そそくさと立ち去ることだけだ。基本的に、私がグンヒルトに好感を持っているのはこの理由による。だが私がこの好感を彼女に伝えようとするときには、グンヒルトはとっくに姿を消してしまっているという寸法。このたびも例に漏れず、彼女は、じゃね、と小声で言って、場を逃れていく。私は彼女の後ろ姿を眺める。と、ひとりの女のリュックサックからガムが一枚こぼれ落ちたことに眼がとまる。女は宝石店のショウウィンドウを熱心にのぞいていて、落ちたことに気づかない。そばに行って、ガムを一枚落とされましたよ、と言ってやるべきだろうか。いや、なにか落っこちましたよ、と言えば充分か。それともシンプルに、落とし物ですよ。明示するために（それにガムという語を発音したくない）、人差し指でブツを指すといいかもしれない。けれども、指で示すだなんて、思うだにいたたまれない。ああ、ぞっとする、私はグンヒルトに似ている、誰であれなんであれ、人に注意を促すことができないのだ。たぶんあの女性だって、落とし物のことを言ってほしくはないだろう。全身黒の人工皮革ずくめだ、バイクのライダーだよな、と思う。女性は行く、ガムは残る。歩くと、革がかすかな、だがはっきり聞こえる摩擦音をたてる。その摩擦音から、妙なことにも、口をつぐんでいてよかった、という確信がわきあがる。人はときどきガムを落とすもんだというのは、たぶん、今日びはたいがいの人の常識なのだろう。またしても私が気づくのが遅かっただけだ。女性ライダーは、ショウウィンドウにしか関心がない。いまはパン屋のショウウィンドウの前に立って、ナッツクロワッサン、シュトロイゼルクーヘン、パイをしげしげと眺めている。店内に入って、ブレーツェルを一個買う。店内にいるうちからブレーツェルをぱくつき始めるのが見える。口をもぐもぐさせてまた通りに出て、美容院のウインドウの前に行って立つ。家とか、家の入口とか、呼び鈴のならんだ表札とか、扉とか、郵便受けとか、窓とかは見つめない。私にとっては、家も人間もそう変わらないのだが。人は人間を何年も見つめる、ときには何十年も。そして彼らからも見つめ返される。それと同じだ。だがある日、家が忽然と消えてなくなったり、改築されたりすることがある。見る影もなく変わってしまい、腹が立って、私はそれっきりもう眼もくれなくなったりする。きょうはそういう日だろうか——そうではなさそうだが。もしそういう日だとしたら、私はまたあれを感じているはずだろう。私みたいな人間は、古家みたいに消えてなくなるか、改築されよ、と告げられてしかるべきだという感じ。この感じは、しばしば陥るある気分と結びついている。つまり、自分は、自分の心の許可なくこの世にいる、という気分。正確に言うと、私はずっと、誰かが、きみはここにいたいかい、と訊いてくれるのを待ち続けている。もしも、たとえばきょうの午後、この許可を私が出せたらどんなにいいだろう。私が誰に出すのかはさっぱりわからないが、この場合それはどうでもいい。

女性ライダーのほかに、私が目下、見つめているのは、白と赤のビニールジャケットを着た救急隊員と、警備員だ。警備員は手入れの行き届いた、ぱりっとした制服を着て、銀行の玄関口に立ち、通行人をみんな危険人物であるみたいな目でじっと見ている。誰も彼のことを考えていないのだが、それはまったく気にならない様子。救急隊員と警備員は、激安になった人間みたいに見える。誰かが来て、たとえばあの救急隊員を買うとしたら、五マルク以上の値はつけないだろう。あの女性ライダーも激安、ちなみに私もだ、存在許可がないから。十二歳ぐらいの男の子が、広場の噴水のふちに腰を掛ける。小さな帆船を持っていて、大切そうに水に浮かべる。噴水はきょうは低くしてあるので、水面はほとんど動かない。いくらもしないうちにそよ風が二枚の帆をはらませて、船をそろそろと水盤の上に押しだす。帆船が到着しそうな場所に当たりを付けて、私は噴水のふちに腰を掛ける。水が噴きだしているそばをうまく通り抜けて、このまま風が止まなかったら、ほんの数分で船は渡りきるだろう。少年はそろそろと水盤のまわりを廻りながら、船にひたと眼を据えている。若い女たちが同じように泉のふちに腰を掛けて、お喋りに興じているが、少年は一顧だにしない。女たちにとっても、少年は興味の的ではない。私は、船の到着によろこばしいものを待つ人のように、船を見つめる。女たちの言葉が、風に乗ってとぎれとぎれに運ばれてくる。夜……と左の女が言う。夜……　ふしぎに思うの……　眠れないときに……　あとは聞きとれない。そのとき、小さな帆船が水盤の私のそばに到着する。少年はうれしそうに水に手をひたし、船を拾いあげて、小脇にかかえる。もうけっして誰にも渡さない、生きた動物をかかえるように。

グレナディーア通りから、ズザンネ・ブロイラーが姿を現す。私を見つけないといいのだが。ズザンネのことは子どもの頃から知っていて、今日この日まで、彼女と会わない週はほとんど一週もない。もはやなにを喋ったらいいのかわからないくらいだ。かつて私と彼女との間にあった出来事は、何百というためらいのうちに霧消してしまった。ズザンネ・ブロイラーはいま、大手の弁護士事務所の受付嬢をしている。仕事には満足していないが、ほかにいいものが見つからないのだ。ほんとうは自分は女優だと思っていて、いまだにマルゲリータ・メンドーサ、と呼んでもらいたがっている。たしかに若いときは演劇学校にも通い、そのあと小劇場で、二つ三つ役についたのだ。およそ二十五年前の話である。私自身は、舞台に立ったズザンネを見たことはない。したがって彼女がいい女優なのかへたな女優なのか、そこそこの女優なのか、運のない女優なのか（だったのか）、判断がつかない。私が彼女をマルゲリータ・メンドーサと呼ぶことは禁じられていて、なぜかといったら、その名前がやりそこなった経歴を思いださせるからだそうだ。といってズザンネ・ブロイラーと呼んでもいけないのであって、それは本名が、青春時代の青くさい願望を思いださせるからだという。というか、もうちょっと込み入っている。彼女は内心、自分の挫折を不当だと感じているのだろう。〈芝居の連中〉のことを最大限の軽蔑を込めて語り、そしてまるで多数の人が女優だった彼女を記憶していて、彼女がもう一度舞台に立つことを願っているかのような口ぶりで話す。彼女はずんずん歩いていく、たぶんまっすぐ弁護士事務所に行くのだ。ほとんど眼を上げない。なにかの役のセリフを唱えているのだろう、もう必要もないことを忘れてしまって。仰向いて空を見ると、グライダーを発見する。静かに、白く、ゆっくりと、蒼穹に大きな円を描いて滑っていく。ズザンネ・ブロイラーにとって私は、彼女の願望が本物であることを証し立てる人間である。なにしろ彼女は十二歳にしてすでに、橇遊びのとき（私はふたり乗りの橇の後ろ側に乗っていた）私に告白したのだ、わたしは女優になるの、それ以外はぜったいいや、と。女の子の胸に触るということがはじめて起こったのは、橇に乗っていたこのときだった。それが乳房であることに、長らくまったく気づかなかった。私はいつも後ろに座って、ズザンネに後ろから抱きついていただけだ。ズザンネだって、滑るたびに私の両手が胸をおさえていることに気づいていなかった。十二になったとき、はじめてズザンネがふいに私の手を振り払って、笑った。私も笑い、そしていっしょに笑っているうちに、私たちは胸と手を意識し、するとこれまでにないぎょっとした感じが起こって、それで、私たちは距離をとったのだった。少なくともしばらくは。

　ズザンネはいまも、このことをこまごまと喋りたがる。こういうこまごまを、わたしたちのかけがえのない子ども時代と呼ぶ。たとえば、私が橇でいつも彼女の後ろに乗っていたことをズザンネは面白がる。もし前だったら、おっぱいには触れなかった、後ろだったからそれができた。ってことは、当時すでに、なにがなんでもこの順番にこだわるわけがあったのよね、と。私は、彼女のアノラックとセーターとブラウスと下着とで、下におっぱいがあるなんてわからなかった、と百回でも口をすっぱくできる。ズザンネは信じない。そうなると、私はもう子どもの頃の話をしたくなくなる。私が街をぶらつくのは、歩いていると単に過去を思いださずにすむからであることが多い。なにゆえ子どもの頃を思いだしたくないのか、説明させられるのも好かない。私の子どもの頃について喋るのはやめてくれ、とほかの人間に頼むことは、いよいよもって好かない。私の子どもの頃が、私の子どもの頃についての物語に変わっていくことを好かない。子どもの頃は、瞼の奥で、きまぐれに、こんがらがったまま、かみつきそうに、じっとしている何かとして胸にしまっておきたい。反対にズザンネは、一度かぎりの子ども時代について語ることによって、もうひとつの、二つめの、新しい子ども時代が浮かび上がってくると信じているわけだが、私に言わせれば、それははなはだしい狼藉である。私たちはこのことで口論したことがあった。はじめは飲み屋で、ついで路上で。上衣の折り返しに小さなプレートをつけようかしらとはじめて思ったのは、このときである。たとえばこんなふうに――〈貴方ないし私の子どもの頃の話をしないでください〉。あるいはもうちょいすげなく、〈子どもの頃の話題を禁ず〉。むろん、そんなプレートをつけて歩き回ったら、もろもろの危険と誤解にさらされることだろう。ズザンネはプレートに面食らって、あんたついにアタマがいかれたわね、と叫ぶだろう。もう何度も吐いているセリフだが。すぐに理解できなかったり、受け入れたくないときには、彼女はきまってそう言うのだ。私は空を見あげ、二機めのグライダーを発見する。蒼穹に一機のグライダー、これはすばらしい、しかし二機となると、臆面もない欲望の露出だ。やや、またしても社会批判をしてしまった！　いつも控えめにしようと思うのだが、ついわれを忘れて度を超してしまう。ズザンネはもう近くにいないようだ。でなければとっくに私のそばに来て泉のふちに腰をかけ、彼女か私の子どもの頃の話をするか、彼女が一度エステルの役を演じたことがあるサルトルの芝居『出口なし』の話をはじめていただろうから。およそ二十七年前のことであるが。

心地よい疲れが私のなかにしのびこむ、というべきか、私をひたしていく、というべきかわからない。できるならここに横になって、きらきらした水のそばで小半時ほど眠りたい。だが眠るためには、私は閉じられた空間を必要とする。腰を上げ、小さな広場を横切る。お昼どきで、デパートはほとんどひとけがなく、しんとして、無表情で、心地よくさえある。私の記憶にまちがいがなければ、三階で紳士物の靴下を売っているはずだ。私は一階をぶらついて、エスカレーターをさがす。左側の長い棚に、ひげ剃り用石鹸、ヘアトニック、チューブ入りひげ剃りフォーム、男性用香水、綿棒、スキンクリーム、ベビー用品が並んでいる。ちょっと回り道をして、掃除用品、虫除けスプレー、ぞうきんのある通路にはいる。十秒後にかみそり一箱を上衣のポケットに滑りこませたのだが、なぜなのかわからない。自分が心の許可なしで生きていることに、またぞろ嫌気がさしたからかもしれない。まさにここ、こういうデパートの中で、この世にいたいですか、と問いかけてもらいたくなる。紳士靴下一足が要るだけなのに、何百足の靴下のそばを過ぎ、適当な一足を見つけるまでに、少なくとも十足はわざわざ手にとってみなければならない。だが誰も私に近づいてこない、誰も私を脇に呼ばない、ここをぶらついていることをあなたは自分で承諾しているのですか、と誰も私に訊ねない。かわりに私は、女性の障碍者《しょうがい》が車椅子で通路を通っていくのを見る。トイレットペーパーの巨大なパックと、紙おむつの同じく巨大なパックが並ぶなかを、ちょうど過ぎていくところだ。小さな両手が、慣れた感じで車輪のスポークを握っている。眼にしたとたん、上衣のポケットに入れたかみそりをやっぱり金を払って買おうかという気になる。このつながりがわからない。自分より具合が悪い人が現れたがために、よい人間のふるまいが心にわいた、というところなのか。この文はもっともらしく聞こえるが、本当はなにも説明しておらず、わからないことに変わりはない。私はスピードを上げて去っていく障碍者の後ろ姿をぼんやり見送り、そして、この世に私が存在する許可を、いまは私は出さないだろうな（そういうことを訊ねる誰かがいたとして）、と思う。すでに私は手近のレジに立っている。かみそりは目立たないようポケットから出しておいた。これではじめからレジに持っていくつもりだったように見えるし、存在許可のない人生への反抗（まだかたく秘められているが）など、私には縁もゆかりもなさそうに見えるわけだ。レジの長い行列に並んで、のろのろと前に進んでいるうち、商品棚のむこうに、かつての友人、ヒンメルスバッハのいささかすさんだ顔があることに気づく。少なくとも半年間会っていないし、口もきいていない。七年ほど前になるが、われわれは決裂した。ヒンメルスバッハは当時すでに左前になっていて、五百マルク貸してくれと私に申し入れてきた。金は渡したが、いまもって返してもらっていない。古い友情はそれで粉々になった、というべきか、形を変えて、どんどん気まずくなっていった。そのひとつが、いままた始まろうとしているわけだ。ヒンメルスバッハは、以前パリでカメラマンをしていた。というか、パリでカメラマンをする気でいて、八区に小さいアパートを借りたりしていた。あるとき、南フランスへ旅行に出るというので、私に十四日間そこを貸してくれることになった。アパートには小さなキッチンと小さなバスルームと、大きな部屋と小さな部屋がひとつずつあった。大きな部屋を使ってはならない、それは彼の私室であるとのことで、留守のうち鍵が掛けられていた。アパートにひとりになった初日にしてすでに、私はあてがわれた小さい部屋が雨漏りすることに気づいた。しかも窓はガラスの一枚が大きく割れていて、風が吹きこむ。要するに四六時中寒いのだった。しかたなく十四日間ほとんど外で過ごして、アパートは寝に帰るだけになった。ヒンメルスバッハは戻ってくると、私室と称する大きい部屋を開けた。雨漏りひとつなく、申し分なく暖房もきく部屋だった。

このことは、つまり小部屋は雨漏りがし、窓は風が吹きこみ、部屋はじっさい住めたものではなかった、などは口にしないのが義務というものだろう、というわきまえは私にあった。私はあくる日出立したが、立つ前にヒンメルスバッハに五百マルクを貸した。なんにせよ、やつはパリでカメラマンとして身を立てていなかったからである。なるほど毎日写真は撮っている、しかし新聞にも雑誌にもさっぱり売り込めなかった。パリには有象無象のカメラマンがいるからな、とヒンメルスバッハは吐き捨てて、私をじっと見た。まったくだね、パリには有象無象のカメラマンがいるもんな、と私は答えたが、当初思ったより、この返事は意地の悪いものだった。ヒンメルスバッハ本人が、その有象無象のひとりである可能性を含んでいたのだから。その直後、ヒンメルスバッハは、じつはきみにアパートを貸したのは、なにあろう留守のとき泥棒に入られないかと心配だったからだ、と言った。どうやら、あれから写真はやめてしまったらしい。ともかくいまはカメラをぶらさげていない。ズザンネのときのように、見つけられませんように、と願う。とっくに姿を消した車椅子の女性がうらめしい。あの姿さえ眼にしていなければ、こんなところに並んでいなかったはずなのだ。ヒンメルスバッハは自分のことにだけかまけていて、まわりの様子に気づいていない。靴はごわごわで、どす黒くなっている。もう磨いてもいないのだろう。香水売り場を歩き回って、お試し用をつぎつぎと吹きかけ、香りをためしている。はじめは両方の掌と手首、ついで腕。吹きかけるたびに、シュッと音がするわけだ。なんたることだよ、と私は思う、ヒンメルスバッハはこうなったか。デパートで無料《ただ》の香水をふりかけ、それで洒落たつもりでいるのだろう。中年お化けになりやがった。借金をけっして返さぬシュッ男。だがきつい眼をするのは、一瞬なれども止《や》めることに成功する。ヒンメルスバッハがいま眼を上げたら、私が軟化したと思うにちがいない。そうしたら、雨漏り部屋も借金も不問にして、私たちは話ができ、運命のきまずい成り行きというやつに打ち勝てるのかもしれない――が、そんな瞬間はおとずれない。ヒンメルスバッハは止まらないのだ、テスターをつぎつぎに手にとって、いまやワイシャツにまで吹きかけている。売り子たちがとっくに彼を笑いものにして、くすくすいっているのにも気づかない。ここは私が割ってはいるべき、つまり彼を護るべきところだろうが、それはできない。なぜかというに、心中、私もやつをあざ笑っているからだ。やつが視界から消えたとき、ついシュッ、シュッ、シュッと口に出して、いかに自分が安堵しているかに気づく。

# 2

この体験のあと、きょうのところは靴下一足を買うのはよしておく。かみそりの刃という予定外の出費だけで、充分な興奮のたねだった。靴下はべつにいそぎはしない。きょうはいらないし、あすもいらないし、あさってでも急《せ》くわけではない。おまけにそうすればまたアパートを出て、街を歩く口実もできるわけだし。というのは、歩いているうちは子どもの頃を思いださないという戦略のほかに、私にはいまひとつの、もっと大きな理由があって、そのために住まいをできるかぎり頻繁に、できれば何時間も避けているのだ。ただしこの理由について目下語ることはできないし、じっくり思案にふけることもできない。おそらく口に出せないこのことと関わりがあるのだろう、デパートを出てすぐ、とうに忘却の彼方だと思っていた昔々の臨終ファンタジーが蘇ってくる。十五年ほど前、わが臨終のときにはベッドの左右に上半身ヌードの女にひとりずつ付き添ってもらおう、と想像したことがあったのだ。椅子が臨終の床にぴったり近寄せてあって、私はらくらく女のむきだしの乳に手で触ることができる。当時の私は、そんなふうに肉体を慰撫できるなら、死の横暴にも耐えやすくなるのではないか、と考えたのだった。それで連日のように、いざというとき知り合いのどの女が臨終サービスをしてくれそうか、誰にたのんでおこうかしらと考えをめぐらしていた。記憶によれば、当時おうかがいを立てるのに最適の相手としてあがったのは、とりあえずマーゴットとエリーザベトだった。いずれの女も、愛しあっていた当時にしてすでに（とでも言おうか）別段なにをしなくとも慰撫される女だった。彼女たちを見つめるか、ときたま触れるだけでよかった。いま私は市電の停留所に立って十一番の電車を待っているが、しかしこれに乗って帰宅はしないだろう（たぶん）。まわりに若い女や中年の女が立っていて、男も二、三いる。女たちは薄手のブラウスを着ていて、それが風にぱたつくというか、なびいている。気づいたのだが、この頃の女性が着るブラウスは、昔みたいな襟ぐりがひろく開いたのではなく、脇の下がおおきく開いているのになったみたいだ。胸は横から眺めたほうが、正面から眺めるよりよほど母性的な感じがする。というようなことを思うのは、横から胸を眺めるほうが、私の人生から胸なるものがいまや徐々に遠のき、いずれ完全に消え去りそうだという事実を受け入れやすいからだろう。臨終の乳房コンパニオン、ないし乳房の臨終コンパニオン、ないし乳房お触り臨終のアイディアをあれからどうして忘れてしまったのか、考える。記憶をさぐればさぐるほど、なんとも心をそそられるアイディアだったように思える。あのときズザンネにも訊ねたのかどうか、これも憶えがない。いまは、市電に乗らないのがなぜ自分にとって意味があるかについて、理由を挙げよう。人生における過去および未来の諸問題に頭を占められているのだ、それを考えながらぎゅう詰めの市電に乗るのは、愚の骨頂ではないか。市電では、市電に乗ることしかできない。それどころじゃない、年金暮らしの老爺に体をぶつけはしないか、座席についている女の膝の上にへたり込みはしないか、気までつかわなければならない。十一番が来た。ドアが開き、女たちが買いもの袋を抱えなおす。およそ征服の才など有していない人々が電車になだれ込み、座席を闘いとろうとするのを、私は眺めている。私は残り、市電は出ていく。これで四つか五つの駅を歩いて帰ることになった。右手に、カーディーラーのシュモラー商会の大きなビルがある。毎週金曜日の昼どきは、広いショールームが掃除される。若い男と女がひとりずつ、夫婦だろうが、円筒形の大きな掃除機をかけている。二台の掃除機がたてる音が通りまで聞こえてくる。私は新しい車に関心のありそうなふりをして、ショウウィンドウの前で立ち止まる。じつのところは、掃除人のふたりが毎週連れてくる子どもを眺めるのだ。七つぐらいの女の子で、車と車のあいだにたたずんで、眼で母親をさがしている。母親は眼と鼻の先にいながら、その子には手が届かない。掃除機をかける母の非在は死のごとし。母親は先端にブラシのついたノズルをしきりに車の下にさしこんでいて、子どもと顔を合わせるのを避けている。まちがいなく、この母は掃除機を愛しているのだ、なぜなら、掃除機は自分を近寄りがたくさせるのに多大な貢献をしているから。母は掃除機である、掃除機は母である。彼女は夫とも顔を合わせないが、ふたりが掃除機に変身していることには、夫のほうはとうに慣れっこになっている。やや！　とんだ掃除機評論家になってしまった。たったいま女の子が、表にひとりの男が立って中をのぞきこんでいることに気づく。女の子はガラス窓のすぐそばに寄ってきて、私をまじまじと見る。いまこそ勇気を奮い起こして、お子さんと三十分ほど散歩に行ってもいいでしょうか、と掃除人夫婦に訊ねるべきではないだろうか。ことによったらふたりは狂喜して、この子を私に贈呈してくれるかもしれない。まずいことに、この思いつきに自分でちょっと笑ってしまったので、女の子が誤解する。笑みを返して、ひたいをガラスに押しつける。いまだ、いまこそショールームに踏み入り、子どもを連れていくときだ。かわりにこの瞬間、腕時計の下がかゆくなる。この二十五年というもの、私は腕に時計をはめることに慣れてきた。別言すると、本当のところいつまでたっても慣れていない。私は腕時計をはずし、上衣の左ポケットに入れる。女の子は即座に了解する。腕時計をしまったというのは、なにも起こらないしるしなのだ。女の子はガラスから離れて、ふたたび母親を捜しはじめる。母親はちょうど二台の巨大なオフロード車のかげで、掃除機をかけている。しかしラジエーターの後方から、掃除機のくねったゴムホースがのぞいている。ゴムホースがくいくい動くのをうれしそうに確認し、女の子はたちまちわが家にいる気分になる。

一駅先のペットショップが見えてきて、気持ちが救われる。店よりはそこの主人のほうだ、三十から三十五ぐらいの男で、いつもながら表の階段に腰を下ろして、ペーパーバックの大衆小説を読んでいる。本来なら、ただちに鳥のケージや爬虫類の飼育器を掃除するべきところ。ショウウインドウのガラスも、いますぐ拭かなければならないはず。だがいざ拭いたら、店の内部のすさまじさがばれてしまうというものか。私は汚れたガラスの前に立って、店内をのぞきこもうとする。挑発のつもりなのだが、われながらくだらない。開いているドアから、鳥がみじかく羽ばたく音が何度もする。小さな体躯の、細かい無駄のない羽ばたき。にわかに、きょう帰宅をこんなにぐずぐず延ばしていると罰を食らうぞ、という想いがわく。私はこんどは足を速め、まっしぐらにアパートを目指す。きょうは金曜日だ、金曜日は、むかいの中年の女が夫の作業着を洗って、ベランダに干す日だ。うちのキッチンから見える。その女は毎回きまって、しずくが垂れるほど濡れた紺色のシャツを四、五枚、プラスチックの籠に入れてきて、たんねんに干していく。少しすると洗濯物のかげに隠れて、姿が見えなくなる。並んだ紺色シャツの背中から、ほんのときたま白い腕がのぞく。掃除人夫婦もペットショップの主人もそうだが、この労働者の妻もまわりに一切眼をむけない。濡れたシャツの光景はまだ見えていないが、脳裏に浮かんだだけで、私の心ははやくも落ち着いてくる。道を渡ったところで、ドーリスにばったり会う。ぐずぐずしていた罰が彼女なのだと、即座に確信する。ドーリスは、まるで私と長いこと会っていなかったようなふりをする。いつもどおり、あまり早足にならないよう、気をつけている。子どものとき心臓の病気で、めったにない難手術を受けにアメリカに飛んだ。その手術でのこった長い傷跡を、むかし一度見せてくれたことがある。心臓に負担がかかると危いので、いまも極度に興奮してはいけないのだそうだ。

あなた、またペットショップをのぞきこんでたでしょ、ん？

見てたの？　私は訊きかえす。

うん。

じゃあどうして質問するんだよ。

あら、別に、と彼女は言う。でもって、また考えてたでしょ、こんどこそハツカネズミを二匹買うぞって。ドーリスはくっくっと笑う。

僕が？

うれしくなっちゃうわ、白いネズミを買うかもしれない男と知り合いだなんて。こないだ、同僚の女の子にこの話をしたのよ。そしたらなんて言ったと思う、あたしその人と会ってみたいわ、だって。ハツカネズミのためによ！

どうしてそんなこと思ったの？　僕がハツカネズミを買うつもりだなんて。

あなたが自分で言ったじゃない。

生涯一度も言ってないね、と私は言う。

言ったってば、あたし、しっかり憶えてるんだから。

ハツカネズミを二匹買って、僕がどうするっていうんだ？

そんなこと知らないけどさ、とドーリスが言う。でも言ったには言ったの、間違いなく。

なにかと混同してるんだよ。

ぜんぜん。もしかして、ハツカネズミ、もう自分ちで飼ってたりして？　だけど認めたくないとかさ。

きみは混同してる。

そんなことない。

たしかに話したことはあるよ、子どものとき、ハツカネズミが二匹ほしいなと思ってたってことは。

それよ。

それよってなに。

それよ、ちゃんと話してたんじゃゃん、子どものときハツカネズミが二匹ほしかったって。

そのとおりだよ。

でしょ。

だけど、違うだろ。

違う？　なにが違うの。

違うだろう、子どものときハツカネズミが二匹ほしかったってことと、いま、大人になってもハツカネズミが二匹ほしいっていうことはさ。

んもう。とドーリスは言う。

んもうってなに。

そんな違いなんて、あたしは信じないの。

違いは信じるもんじゃない。違いってのは、あるもんだ。違いは気づくものなんだ。わかる？

ううん。

きみがなにを信じようが関係ない、この場合関係があるのは、僕がなにをきみに話したかだけだ。で、僕はきみに、子どものときハツカネズミが二匹ほしかった、という話をした。違いがわかるだろ、子どものときだ。

はいはい、とドーリスは言う。もう、わかったってば、でもね、あたしは信じてないの。あたしに言わせたら、人間は、子どものとき望んだことってのは、一生忘れないもんなのよ。

また別のものとごっちゃにしてるよ、またわかってないんだ。子どものとき望んだことを忘れたなんて、僕は言ってない。

わかってるって、最後まで言わせてよ。こう言いたかったの、人間は大人になってもずうっと思ってるもんなんだって、子どものとき望んだことがかなえれられれ……やだ、言い間違えちゃったじゃない、ま、いっか、なにが言いたいかわかるでしょ。

わかるよ、きみの言いたいことは。だけどそれは考え違いだね。

あなた、恥ずかしいからそう思うんでしょ、わかってんのよ。

え？　恥ずかしい？　なんで？

いまでも白いネズミが二匹ほしいってことを、自分で認めたくないのよ。

たのむよ、ドーリス！　白いネズミが二匹ほしけりゃ、僕は即買ってるよ、わかってくれよ！

それじゃあ、どうしてペットショップのショウウィンドウの前にいつもいつもぼさーっと立ってんのよ。説明できるの？

きみにはぜったいわからないね、きみみたいに、もっとずっと単純なことすらわからない御仁にはさ！　なんの意図もなんの望みもなく、ペットショップのショウウィンドウの前にいつもいっつもぼさーっと立ってる人間がいるなんていう複雑なことが、どうしてきみにわかるもんか。それには百個ぐらいいろんな理由があるんだよ、いい、だけどそんな込み入ったことは、きみのネズミ並みの脳味噌にわかるもんか！

最後のひと言は、言ったとたんに撤回したくなった。が、同時に言わないではいられなかった。なんだってもう、ドーリスに子どもの頃の望みなんかを打ち明けたんだろう、そもそも、なんだってもう、誰かに子どもの頃の話なんかをしたんだろう、じつに悔やまれる。私の勘違いでなければ、ドーリスはいま固まっている。私がこんな下劣な言葉を吐く人間だとは、思ってもみなかったのだ。とはいえ、これで今後ドーリスともう口をきかずにすむのなら、それも悪くはない。この先彼女がつんとあごを上げて私を無視するようになっても、甘受しよう。が、私は間違っていた。ドーリスはプーッと吹きだすと、こう言ったのだ――あなたったらもう、なんてまあひねくれちゃったのよう！　私の腕をとってげらげら笑う。おまけにこうきた。考える人とハツカネズミ！　またしてもげらげら。こんど固まるのは私だ、頭がまっ白になるのは私のほうだ。同時に、笑いすぎてドーリスの心臓にこたえやしないかと気になる。心臓のポンプが急激に血を送りすぎたとか送り足りないとかして、ばったり倒れて、それが私のせいだったりしてはたまらない。いますぐドーリスに背をむけて、挨拶もそこそこに姿を消さなくては。が、私はじっと立っている、というのも、ドーリスがもしいま気絶して私の腕に倒れこんだりしたら、どこが悪いのかを知っているのは私だけだからだ。けれどドーリスは倒れこまない。私をしげしげと、面白がった眼つきで、思わず暴走脱線してしまった子どもを嬉々として眺めるベテランママみたいに見ている。あら、あたしの電車が来た！　いきなりドーリスが大声をあげて駆けだす。じゃあね！　じゃあね！　と私も返して、じっとたたずむ。こういう場面では、電車がゆっくり近づいてきて、停車し、ドーリスが乗りこむのを見とどけるのが礼儀だろうと思ったからだ。

まったく、一度でも子どもの頃の話をしたが最後、その相手からはけっして逃げられないのだ。私は、近日中に上衣の折り返しにつけるかもしれない小さなプレートに記す文句を、もう少しきつくしようかしらと考える。たとえば〈小生の前で子どもの頃の話題お断り〉。あるいは〈警告！　貴殿または小生の子どもの頃について話した場合、……〉いや、これは荒っぽすぎる。前の言い回しに戻るほうがいい。ところがその文句が浮かんでこない。なんてこった、わが子ども時代が曲解されるのを防ぐべく考えた文が思いだせない。ドーリスが市電の車両から私にむかって手を振る。ほかにどうしようもなく、私も手を振りかえす。完全に私の失敗だ。いままであまりにも相手かまわず、やたらめったら自分の子ども時代の話をしてしまった。今後はきっぱりやめなくては、が、たぶん私には無理だろう。ドーリスがどうしてあいさかんに手を振っているのか、わけを知りたい。まるで私をすごい好人物とでも思っているみたいではないか。私の最後のひと言の悪意はまったく伝わらなかったか、さらりと聞き流されてしまったのだ。

# 3

帰宅してまっさきに寝室に行き、窓辺に寄って、ベッドの端に腰を掛ける。ここからあの労働者の妻のベランダがよく見えるのだ。ぎりぎり間に合った。濡れたシャツがすでに三枚かかっている。と、二枚のシャツの背中から白いたくましい二本の腕が伸びてきて、もう一枚の濡れて丸まった洗濯物をひろげる。紺色シャツの四枚目だ。これも二本のプラスチックの洗濯ばさみをつかって、洗濯ひもにとめる。思うに私は、この作業における両義性に見惚れているのだろう。女は、あるときはひどくうつろな様子に見え、あるときはこのうえなく幸せそうに見えるのだ。それに、サーカスの飼育係が馬の毛皮に没入していたのと同じく、この女もシャツに没入している。このあと、まずいことに私は失敗をする。ズボンと靴と靴下を脱いだのだ。むきだしの足を見るたびに、この足は私より十五歳は歳を食っている、と思う。ぷくりと浮きだした血管、クッション並みに膨れたくるぶし、とみに硬さを増して硫黄色を帯びていく足の爪に、じっと眼を凝らす。もう若くはないのだ！　もう若くはないのだ！　という決まり文句を思い浮かべたのは、ただ足の爪を眼にしたショックを和らげなければならなかったからにすぎない。眼を上げて労働者の妻を見たが、とうに姿を消している。ショックがあまりにも大きかったので、とりとめなく部屋を歩き回って、タンスの扉を開ける。ショックがあまりにも大きかったので、絨毯の上を素足で歩くのは好きなのだ、ただしその際足の爪を見てはならないけど。タンスの扉を開けたのは、失敗の上塗りだった。二ヶ月前なら、そんな失敗はありえなかった。ここ、いまやからっぽ同然のタンスには、およそ八週間前までリーザの服が掛かっていた。脳裏に蘇る――私はベッドに寝ころんでリーザを見ている、リーザはタンスからワンピースとかブラウスとかを取りだして着てみては、そのすぐあとに、あなた私のこと、まだ好き？　と訊ねる。その問いに笑って答えるのが私のつねだった。私にしてみれば、これほど余計な問いもなかったのである。この二ヶ月ほど、ベッドに転がっているのが苦痛になった。リーザはもういない。私を捨てていった。彼女がここで暮らしていたあいだ、私にとって帰宅とは、この世で人に与えられる至福の謂であった。子どもの頃教会のミサでこの言葉を耳にして以来、半生かけてそれを望んできた。その至福が、いまや消えたのだ。むきだしの足にうっかり目がいって、この眺めが発しているところのプロパガンダ〈見捨てられた〉が心に沁みる。以前はアパートの敷居をまたぐだけで、私は自分の人生への疑いを払拭することができた。それもついに終わったようだ。とはいえ、リーザが一時的に去っただけではないかという思いは、捨てきれずにいる。強制的に、私に〈足元をちゃんと〉させるためにだ。〈足元をちゃんと〉は、私が経済的にこの世にしっかりと根を下ろしていないことの、リーザ流の表現である。むろん私もそのことは悩ましく思っている——日に日に稀にではあるが。そういうややこしい問題を、もはや直視する元気がないのだ。つまり、なにがどう絡みあって何年がかりでこうなったのか、自分でももうわからず、よってその結果（つまりいまの私自身）も認識できずにいる。いま脳裏に浮かんでいるのは、カーディーラーのショールームをうろうろ走り回っていたあの子のこと。いつもながら、私は自分の問題に立ち向かう気がない。ほんとうにショールームの子どものことを考えているわけではないことも、わかっている。あの子は形を変えた私自身の記憶にすぎない。たちまち、子どもの頃、顔にベールを掛けた母の口にキスをしようとしたことが蘇る。母は当時、つばの細い濃紺の平たい帽子をかぶっていた。つばにはベールがロール状に巻きこんであり、母はよくそれを引きだして、顔に垂らしていた。ぴったり顔についているベールの後ろになった唇や頬は、鼻の先もだが、やや平べったく押しつぶされた印象を与えた。母にキスをする気がにわかに失せたのは、この顔のほんのわずかの醜いほうへの変化がたぶん原因だったのだろう。それでも母にキスをすると、母の肌のかわりに、ベールの網目を感じた。唇が包装されているという感じはしばらく私の唇にも伝染して、私ははじめそれが気に入っていた。網の掛かった肌の感じを自分の肌にも作りたくて、私は母にキスをした。いや、そうではない、違う。逆だった。私はだんだん母から離れていったのだ、なぜなら、母が差しだすのが唇ではなくて、どんどん網目のほうになっていったから。母は家族の愛情を拒絶するつもりなのかと私は勘ぐった。というのも、父も兄も網キス以上にはいっていないのをちゃんと観察していたのだ。いや、そうではない、これも違う。本当のところは、じつはなにが起こったのか、もう憶えていないのだ。この点が明瞭でないとはけしからんではないか。――あとちょっとしたら、おまえみたいなのは嘘つき病院に入れられちまうぞ、と私は思う。なぜなら、本当の裏の本当のところを言うなら、実際はなにが起こってなにが起こらなかったか、私はもちろん百パーセント知っているつもりなのである。真実にいろんなバージョンがあることに私は興味をおぼえる。眼の前がいくらかこんがらがって見えることが大切だと思えるからだ。といいながら、本当の裏の本当のところ、私は自分がこんがらがっていることにがまんできず、それでいてこの混乱が真実だと考えているということである。嘘つき病院という言葉を考えついたのは愉快だが、本来これは警鐘なのだろう。記憶の消失と頭の混乱とひょっとしたら狂気とがきょう同時衝突したというところに、私は自分のなかでなにかの病が頭をもたげたことの、最初の兆候を見る。ついで私がささやかな具体的行動に移ったのは、たぶんただそれゆえだろう。バスルームに行って、きょう二度目に歯を磨いたのだ。歯磨きのあいだ、私はリーザが残していった、ほこりをかぶった二本の香水瓶にじっと眼を凝らす。どちらの小瓶も、鏡付きキャビネットの下部のガラス板に長年置きっぱなしになっている。リーザはめったに香水をつけなかった。人工的なしかたで誘惑したことがなかった。私たちの交わりの最後のこころみは、まことにおかしなしかたで私たちをすり抜けていった。私が彼女の胸に顔を埋め、ふたりでしばらく並んで横たわっていたのだが、それがあんまり気持ちがよくて、ほどなくふたりとも眠ってしまったのである。性があることをふたりいっしょにふいに忘れた、というかのようだった。目覚めたとき、私たちは歳のいった夫婦みたいにしっかり絡みあっていた。リーザといっしょにいれば、遅ればせに自分の存在許可を出すことなど、考えないでもよかった。

リーザに電話して、訊ねてみるべきかもしれない。二本の香水瓶を取りに来なくていいか、あるいは忘れていったのではないかと。ひょっとしたらわざと忘れていったのかもしれない——なぐさめの形見として、私が毎日眺められるように。ついでに、いつ戻ってくるんだい、とクールに質問してもいい。リーザのいまの電話番号はわかっている。親友のレナーテの家に間借りしているのだ。新しいアパートが見つかるまで一時的にだけど。レナーテは教師をしている。リーザと同じく。というか、リーザはおよそ四年前まで教師だった。リーザの職業生活は、ゆっくりと精根が尽きていく過程にほかならなかった。いまどきの悪ガキが自分の手に余ることを、リーザはどうしても認めようとしなかった。殴り噛みつき引っ掻く生徒たちを、自分に似せた人間にできると信じていた。なんたるおそろしい誤謬だろう！　そしてじわじわと神経を冒されていき、十二年の就労の後、やむなく職を捨てた。はじめは授業を免除され、つぎに休職し、そして早期退職となったのである。彼女はいま四十二歳、理想のため、国家のため、児童のため、もしくは自身の幻想のために身を潰した代償として、年金を受給している。リーザよりはるかに融通のきくレナーテのほうは、たぶん潰れることはない。潰れるにしても、差し支えないくらいずっと後だ。リーザがレナーテ宅に身を寄せているのは、私にはよろしくない。レナーテは知りたがり屋だからして、リーザは置かせてもらっている礼としても、早晩打ち明け話をするだろう。自分はしたくなくとも、仕方がないと思うわけだ。リーザの話を聞いたら、レナーテは、リーザばかりじゃない、人生に挫折しているのはあいつも同じだと感じるだろう。そこまで想像した私は、レナーテとはもう口をききたくなくなるだろう。そして彼女を避けるようになったら、レナーテはそれを見て、やっぱりあいつは落伍者なんだと確信を深めるだろう。だが私はレナーテにそんな思いこみをしてほしくない。となれば、いくら本当は避けたくとも、私は今後ともレナーテを避けないだろう。家の中でヒクヒク泣く声がする、のではない、温水器がゴボゴボ鳴っているだけだ。それでも家のなかを歩き回って、リーザを捜す。わかっているのだ、いないってことは。わかっているのだ、捜すなんて間抜けだってことは。リーザはときどき私に絶望して泣いた。それもきまって髪を洗ったあとに、こみあげるみたいに泣きだした。頭にタオルを巻きつけ、もう一枚のタオルを顔に当て、三枚目のタオルを肩にかけて、泣いた。私は彼女の隣に腰を下ろし、たまに彼女の手を取りながら——リーザはそうされるのが好きだった——泣くのと洗髪するのに繋がりはあるかしらぐらいしか考えなかった。私はリーザよりずっと洗髪回数が少ない、だからめったに泣かないのかしらん——といった髪の毛のよだつような文を考えているとふいに、午後はちゃんと生きていないな、という想いがわきあがる。大筋において、私はかろうじて午前中のみ生きている。街を歩き回って、それではした金を稼ぐあいだ。近々またやることになる。午後になると、私という人間の一種瓦解がはじまって、あらがえない。ぽろぽろ崩れるというか、端からほつれるというか、糸がほどけるというか。すると私は、人生に主要なことと瑣末なことがあるということを忘れる。瑣末なことが私をつかんで、離さなくなるのだ。いまもそれが起こっている——裏庭の奥から、じょうろに水を入れる音が聞こえてくるのだ。トイヤーガルテン通りで宝くじ売り場をやっている、へーベシュトライト夫人の。いま、この昼どきに夫人は店を閉めて、育てているトマトとキュウリとラディッシュに水をやる。私は裏庭に面したキッチンの窓を開け、ストーブのそばの小さな籐のひじ掛け椅子に腰を下ろす。ここからだと、じょうろから放たれた線条の水が埃をかぶった植物の葉にかかって、ぱらぱらと紙に当たるみたいな妙な音がするのまで、はっきり聞きとれる。へーベシュトライト夫人はじょうろ五回か六回分、毎日お昼に水をやり、それから一階の自分の住居に戻る。温水器のゴボゴボいう音、リーザの涙、じょうろの水、というきわめて水っぽい繋がりによって、私の感情がおおきく波立つ。自分では泣く必要はない、涙は一瞬胸にこみあげてきて、また消える。五月なかばを過ぎても、リーザは毎日のようにまだ寒いと言い暮らしていた。夏にいっしょに寝ていても、寒さをかこつた。ネグリジェを脱ごうとせず、にわかに鳥肌が立ったときの用心だと言って、房事のさいもネグリジェを首のところまでまくりあげていた。ネグリジェがみっともない襟飾りみたく肩のところにたまっていて、その眺めに私は心中ときどき笑ったものだった。あるとき試しに、交わりの最中にみじかく（しかも小声で）笑ったことがある。リーザはこの情動を理解しなかった。私の説明――女の上に乗っかってハアハア喘いでいる体形の崩れかけた男も同じように笑止だ――にも理解を示さなかった。リーザにとって交わりとは真剣ないとなみであって、何度くり返されようがその真剣さは減じるものではなかったのだ。ふいに、いま私の人生がいかに真剣にまずいことになっているかに思いあたる。いっしょに暮らしていたあいだ、リーザは幾度となく、私のつつましさが自由意志から出ているのではないことを証明しようとした。私の持ち物はジャケット一着、スーツ一着、ズボン二本、シャツ四枚、靴二足のほかにない。ありていに言って、リーザの年金によって暮らしてきたし、いまもってリーザの年金で暮らしている。自分の収入は、これもありていに言って、なきに等しい。定収入で〈足元〉をちゃんとさせることが、こんにちこの日までできていないのだ。日ごとに切羽詰まっているのに、この問題についてもはや語ることもできない。さいわい両親はとうに他界した。彼らなら、この仕事嫌いめと私を一刀両断にしただろう。父は、十六の歳から死ぬまで働きつづけたことをことのほか誇りにしていた。そりゃあ誇れもするわな。働いているうちは、そして働くことによって、自分の抱える葛藤を忘れられる人だったのだから。私といえばその正反対。働いているうちは、そして働くことによってはじめて、心に葛藤が生じるのだ。だからしてやむなく働くのを避けている。両親等はこういう事例への理解をまったく持ちあわせていない。リーザは私を理解できていた。少なくとも長年のうちは。彼女の理解が永遠不変だと私は思い込んでいた。実際はこれもゆっくりと摩滅していき、いまや消え去ったのである。私の状況が厄介だった（いまも厄介だ）のは、ほかにもわけがある。リーザが教育的意図から私のつましさを嘲弄した裏には、愛情のこもった挑発が隠れていた。私はリーザから、彼女の銀行口座から金を引きだす許可をもらっていた。一度だけ利用したことがある。そして大失敗に終わった。およそ三年前のこと。銀行から金を下ろすことはできたものの、その金をつかうことができなかったのだ。支払おうとしたとたんに、すさまじい抵抗が心に起った。しかたなく買った品をもとに戻して、家路についた。私はその経験をリーザに隠さなかった。リーザは胸を詰まらせて私をなぐさめた。あなたはなんでも生真面目に受けとりすぎるのよ、と言った。当時はそのくらいリーザにも理解があったのだ。以来、私はリーザの口座から金を下ろすことを避けている。それで日頃はこうしていた——リーザが買い物をする（つまり金も下ろす）か、あるいは私が買い物をするときにはリーザが充分な、私にも少し小遣いが残るぐらいの額をもたせてくれたのだった。

リーザの金に対する気おくれを放棄するしかない――どうやってかは別として――日が、じりじりと迫っている。年金が振り込まれていた口座をリーザは解約していかなかった。ただこの二ヶ月間、振込がないところからすると、私の知らない口座が新しく別にできているのだろう。このサインを正しく解するなら、リーザは以前の口座に入っていた金をだまって私に委ねていったことになる。いわば手切れ金だ。倹約すれば、二年か二年半は充分に生活できる金額。私はこの間になんとか自分の足で立てるようにならなくてはいけないわけだ。はじめ私は、リーザの気前の良さに感じ入り、同時につらかった。信じられないほどの鷹揚さをみせてほぼ二年半かけて去っていく女を、どうやって思い切れというのだ。最近になって、手切れ金というものも、たくみに仕組まれた作戦だと気がついた。考えてみれば、リーザの施しはどれほど私を畏縮させていることだろう。相手の好意がもはや無くなっているのに、男として女の金で生きながらえるなんてできない。あまりの羞恥に、レナーテの電話番号にかけてリーザを出してくれと頼む度胸も萎えるのだ。リーザは沈黙を金で買って、私の人生から去って行ったのだった。羞恥を破って沈黙を終わらせる力（太太《ふてぶて》しさ、愚かさ）が私にはないのを承知のうえで。リーザがそんな計算のできる女だったとは、いまのいままで思ってもみなかった。むろん、この一連のできごとをそう解してよいかどうかは、しばし待たねばならない。おっつけリーザが旧口座の預金を全額引きだし、口座を解約する可能性も、依然としてあるからだ。レナーテがそう勧めるかもしれないし、それどころか圧力をかけるかもしれない。なにしろ何年も前に、私と別れろとリーザに勧めたのもレナーテなのだ。廊下のつきあたりで電話が鳴っている。ハーベダンクだろう、ヴァイスフーン靴会社の経営主任だ。私の試着報告を待っている。このままあと二、三日連絡を絶ったら、仕事があぶなくなる。だがハーベダンクと喋る元気などどこから取ってきたらいい？　リーザがいたときには、電話も問題ではなかった。リーザは私のことも私の雇い主のことも知りつくしていたから、誰にどんな嘘をつくかなど事前に取り決めるまでもなく、さっさと電話に出て、私を護り、私の気分を護ってくれた。電話を鳴らせておく。相手が誰であれ、なにを話したらいいかわからないのだ。同時に、電話に出ないとかえって悟られてしまうだろう。ハーベダンクは私の生活習慣を知っている。在宅していることを知っているし、その時間がだんだん長くなっていることも知っている。私が自分から話したのだ、このところ前みたいに自制がきかなくなっているから。と言いつつ本当のところ、私はこの頃しきりと沈黙願望に駆られている。これはいささか不安だ。生きるうえで私がこれほど沈黙を必要としているというのは、まだ正常の部類に入るものなのか、それともひょっとして心の病のはじまりなのか、自分でもしかと判別がつかないのだから。ぽろぽろ崩れるとか、端からほつれるとか、糸がほどけるとかいう表現にはおさまりきらない、心の病気。私は床に眼をやり、あっちこっちにたまっている綿ぼこりをじっと眺める。ほこりってのは、なんておかしなくらい知らないうちに増えるのだろう！　ふいに、いまの自分の人生を形容するのに、〈綿ぼこり化〉という言葉がぴったりだと思いつく。まるっきり綿ぼこり的に、私もはんぶん透きとおっていて、芯がふにゃふにゃで、見た目従順で、度外れになつきやすく、おまけに口数が少ない。最近、ひとつまた思いついた。私を知る人ないし私が知る人すべてに、〈沈黙時間表〉を送ろうかしらというもの。その表には、私がいつ喋りたいか、いつ喋りたくないかが、正確に書いてある。沈黙時間表を守らない者は、私とまったく喋ることができない。月曜と火曜は、終日〈連続的沈黙〉だ。水曜と木曜は、午前中のみ〈連続的沈黙〉、午後は〈ゆるやかな沈黙〉、これは短い会話や短い電話は許されるということ。金曜と土曜のみ、制約なしで会話する用意があるが、ただし十一時以降。日曜は〈まったき沈黙〉とする。本当のところ、沈黙時間表はあらかたできあがっていて、ほぼ送るばかりになっていた。すでに封筒にタイプで住所まで打ってあるのだ。リーザがこの沈黙時間表のことを知らずじまいになってよかった。〈沈黙時間表〉などと聞いただけで、わっと泣きだしただろうから。リーザはこちらが面食らうほど薮から棒に泣きだすことがよくあったが、泣きやむのもあっという間だった。泣いているとき電話のひとつも鳴れば、一瞬で涙を止めて、受話器にむかった。いまならさしずめ、彼はいま歯医者に出かけています、とはきはきと応答していたことだろう。まんざら嘘でもない、この数週間、私はほんとうに歯医者にかかっているのだから。ありがたいことにもうじき終わる。このあいだ、そこの歯科助手がお日様並みの明るい声で、お宅様の新しい歯が来ました！　と電話してきた。私はたちまち言葉を失った。歯科助手はくり返した、お宅様の新しい歯が来ました！　こんな文が私にむかって発せられようとは、夢にも思わなかった。自分が野蛮人であることに、歯科助手はまったく気づいていない。だがそれを言う勇気はなかった。私は中途半端なことをもごもご受話器にむかって喋り、歯科助手はそこから、私が近々医院まで新しい歯を取りに行くつもりである、ということを聞き取った。だが、私が実際に行くかどうかはきわめてあやしい。それよりも、歯科助手が私から沈黙時間表を送りつけられる可能性のほうがずっと高そうだ。陽光が部屋いっぱいに差しこみ、わが綿ぼこり化した人生を白日のもとに晒している。夏には罪責感がひときわ高まる。なにしろ夜十時でもまだ明るいし、朝は五時から明るくなるのだ。昼はぬけぬけと長くなって、私がいかに無為に時間を過ごしているかを思い知らせる。ともかく、電話は止んだ。ハーベダンクに間違いない。呼び出し音がひとつ鳴るたびに私が身を縮めているのを知っているのは、あの男しかいない。とは言え、ハーベダンクと会うのがかくべつ苦手というわけでもないのだ。彼のオフィスで一時間ほどお喋りすれば、四つか五つの新しい仕事をくれる。ハーベダンクは私の書いた試着報告書を受けとり、ついで五〇年代と六〇年代の鉄道模型について話したがるだけだ。とくにトリックス社のとフライシュマン社の模型について。ぞっとするよ！　鉄道模型だってよ！　冗談だろ！　そん

白水 図書案内
No.777／2010-5月　平成22年4月1日発行
白水社 101-0052 東京都千代田区神田小川町3-24／振替 00190-5-33228／tel. 03-3291-7811
http://www.hakusuisha.co.jp ●表示価格には5%の消費税が加算されています。

## 野生の探偵たち（上・下）

エクス・リブリス

ロベルト・ボラーニョ
柳原孝敦・松本健二訳■各2940円

謎の女流詩人を探してメキシコ北部の砂漠に向かった詩人志望の若者たち、その足跡を証言する複数の人物。時代と大陸を越えて二人の詩人＝探偵のたどり着く先は？　作家初の長編にして最高傑作。

## 火山の下

エクス・リブリス・クラシックス

マルカム・ラウリー
斎藤兆史監訳■3150円

一九三八年十一月の〈死者の日〉。故郷から遠く離れたメキシコの地で、酒に溺れていく元英国領事の悲喜劇的な一日を、美しくも破滅的な迫真の筆致で描く。二十世紀の傑作、待望の新訳。

渡辺 暁・山崎暁子訳

## メールマガジン『月刊白水社』配信中

登録手続きは小社ホームページ http://www.hakusuisha.co.jp の登録フォームでお願いします。

新刊情報やトピックスから、著者・編集者の言葉、さまざまな読み物まで、白水社の本に興味をお持ちの方には必ず役立つ楽しい情報をお届けします。（「まぐまぐ」の配信システムを使った無料のメールマガジンです。）

## 隔離小屋

ジム・クレイス〔渡辺佐智江／訳〕

謎の伝染病に冒された「アメリカ」。隔離小屋に置き去りにされた瀕死の女、大陸を脱出して海の向こうを目指す大男、二人の愛は冷酷な試練を乗り越えられるのか？（5月下旬刊）四六判■2520円

## のけ者

エマニュエル・ボーヴ〔渋谷 豊／訳〕

花の都パリの真ん中で、身を寄せ合いながら借金まみれの生活を送るニコラと母ルイーズ。疎外感・劣等感・被害妄想……現代人の心の暗部を、とびきりの抒情で詠いあげたボーヴの傑作小説。（5月下旬刊）四六判■2625円

エクス・リブリス

## そんな日の雨傘に

ヴィルヘルム・ゲナツィーノ〔鈴木仁子／訳〕

靴の試し履きの仕事で、街を歩いて観察する中年男の独り言。関係した女性たち、子ども時代の光景……居心地の悪さと恥ずかしさ、滑稽で哀切に満ちた人生を描く。

新刊

## サッカーが勝ち取った自由

アパルトヘイトと闘った刑務所の男たち

チャック・コール、マービン・クローズ〔実川元子／訳〕

ネルソン・マンデラなど数千人が投獄されたロベン島。過酷な状況下で囚人たちはサッカーリーグを発足。その戦いは、自由への闘争につながった。「サッカーの力」を示す真実の物語。（5月中旬刊）四六判■2100円

持続可能な社会をめざす

## 8人のライフスタイル

名倉幸次郎

本当の豊かさ・本当の幸せのために自分が出来ることから始めよう！ 林良樹・きくちゆみ・設楽清和・塩見直紀・正木高志・菊川慶子・大下充億・てんつくマンが贈る熱いメッセージ。（5月下旬刊）四六判■1680円

## 戦禍のアフガニスタンを犬と歩く

ローリー・スチュワート〔高月園子／訳〕

タリバン政権崩壊直後の冬のアフガン。戦乱の生々しい爪あとと、かつてあった文明の痕跡をたどり、いまだ混迷から抜け出せずにいる国の現状を描く。NYタイムズ・

郵 便 は が き

おそれいりますが切手をおはりください。

101-0052

東京都千代田区神田小川町3-24

# 白 水 社 行

# 購読申込書

■ご注文の書籍はご指定の書店にお届けします．なお，直送をご希望の場合は冊数に関係なく送料300円をご負担願います．

| 書　名 | 本体価格 | 部　数 |
|---|---|---|
| | | |
| | | |
| | | |

★価格は税抜きです

(ふりがな)

お 名 前　　　　(Tel.　　　　)

ご 住 所　(〒　　　　)

| ご指定書店名（必ずご記入ください） | 取次 | （この欄は小社で記入いたします） |
|---|---|---|
| Tel. | | |

『エクス・リブリス そんな日の雨傘に』について (9010)

■その他小社出版物についてのご意見・ご感想もお書きください。

■あなたのコメントを広告やホームページ等で紹介してもよろしいですか？
1. はい (お名前は掲載しません。紹介させていただいた方には粗品を進呈します) 2. いいえ

| | | | |
|---|---|---|---|
| ご住所 | 〒 電話（ ） | | |
| (ふりがな)<br>お名前 | （ 歳）<br>1. 男 2. 女 | | |
| ご職業または学校名 | | お求めの書店名 | |

■この本を何でお知りになりましたか？
1. 新聞広告（朝日・毎日・読売・日経・他〈 〉）
2. 雑誌広告（雑誌名 ）
3. 書評（新聞または雑誌名 ） 4. 出版ダイジェストを見て
5. 店頭で見て 6. 白水社のホームページを見て 7. その他（ ）

■お買い求めの動機は？
1. 著者・翻訳者に関心があるので 2. タイトルに引かれて 3. 帯の文章を読んで
4. 広告を見て 5. 装丁が良かったので 6. その他（ ）

■出版案内ご入用の方はご希望のものに印をおつけください。
1. 白水社ブックカタログ 2. 新書カタログ 3. 辞典・語学書カタログ
4. 出版ダイジェスト《白水社の本棚》（新刊案内・隔月刊）

※ご記入いただいた個人情報は、ご希望のあった目録などの送付、また今後の本作りの参考にさせていただく以外の目的で使用することはありません。なお書店を指定して書籍を注文された場合は、お名前・ご住所・お電話番号をご指定書店に連絡させていただきます。

な子どもじみたものが大きな意味を持つようになるとは、夢にも思わなかった。だがハーベダンクは鉄道模型の話をできる相手がほかにいないのだ。すぐにでも電話して、面会日を決めなくては。が、私は電話機のそばを素通りし、表の部屋に入る。運命が展開していく、存在許可のない人生が。頑張らなければならないときには、私はいつも憂鬱になってきた。闘わなければならない、それゆえに気が鬱《ふさ》ぐ。腐りかけた水に膝まで浸かっているような気分になる。私が鉄道模型の話をしなくなったら、ハーベダンクは仕事を取り上げるだろう。窓辺に寄って、往来を見下ろす。見ていると、若い男がひとり、建設会社のオフィスビルの前で歩道の掃除をしている。この男は二週間ごとに現れて、あたりに散っている落ち葉を高圧クリーナーでひとしきり前方へ吹きとばし、一箇所に寄せ集める。そして車から青い大きなポリ袋を取ってきて、落ち葉を詰めて運び去る。いかにもきちんと整えておりますといいたげな建設会社のそぶりに、私は向かっ腹が立つ。製図・設計・応力計算に携わっている紳士淑女のみなさまは、非の打ち所なく清められた歩道に価値を置いていらっしゃるわけだ！　壮麗なオフィスビルの前には、塵ひとつ落ちていてはならんのだ！　葉っぱ一枚落ちているのもがまんならないのだ！　紳士淑女のみなさまは、かつて子どもだったことがないのだろうか、靴の甲で落ち葉を前へ前へと蹴り飛ばして歩くのが愉快だったことはないのだろうか、そのときの音と、靴の前にたまっていく落ち葉の眺めのおかげで、がみがみいう母親や、むかつく教師や、おのれの哀しい魂のつぶやきに耐えることができた経験がないのだろうか。紳士淑女のみなさまは一度もわれを忘れたことがなく、それゆえ塵ひとつ落ちていない歩道の熱烈な推奨者になったのだろうか。

この瞬間にひらめく。この建設会社の社員むけに、〈回想術〉の短期集中講座を開催するのだ。私は〈ムネモシュネ研究所（ムネモシュネは記憶の女神）〉と名乗る。目新しい今風の名前だから、サラリーマン連中も、これはなにかと興味をそそられるだろう。ものを思いだす術についての基礎講座を、四夜か五夜オファーするのだ。そうだ！　これだって！　かつて靴の前で小さな落ち葉の山がだんだん大きくなっていったときの感触がいかに素晴らしかったかをとくと思いだすまで、この私が、サラリーマン諸氏にむかってスマートに、かつこんこんと説くのである。かさかさいう落ち葉を踏んで歩くうちに、無比の、なにものにも代えがたい想いが心にわきあがる。すなわち、人は誰しもかけがえのない記憶の物語、ゆっくり増え、しだいに豊かになっていく記憶の物語をもっていて、だから自分はいつもずっと同じ人間だったのだ、という想いが。そうした想いがいかに心を慰めるかは、堅物中の堅物である応力計算士にだってわかるだろう。この境地は製図士にも応力計算士にもはかりしれない活力を与えるから、彼らは高圧クリーナーの男をお払い箱にし、利益の一部を新設の〈ムネモシュネ研究所〉に投資するだろう。かくして私がその講座で金を儲ける！　ありがたい！　金だ！　ふいに、下の歩道でひとりの男が立ち止まり、片方の靴を脱ぐのが眼に入る。男は歩いているうちにずれた靴下をもとどおりにし、靴を履きなおして、歩きだす。この男が私の白昼夢にブレーキをかける、なぜかわからないが。おそらく、人間は靴の中まできちんと整えずにはいられないのだ、ということを思い知らせる卑近な例を目の当たりにしたせいだ。白昼夢が消え去るのを感じる。それどころか、白昼夢が脅威になり、さらに羞恥に変じるのを感じる。金は稼げないのだ、少なくとも回想術の講座によっては。さきほどの高揚した言葉は、私が私の未来のリハーサル室にむかって喋ったのだった。いまだ暗がりにあるその部屋で、わが言葉はわが人生になにができるかを考えなければならないわけだ。ふっ！　会社員のための回想術！　そんなのが連中になんの用がある！　それどころじゃない、はじめて聞く言葉ですけどムネモシュネってどうやって綴るんですか、とか、三回は聞かれるのが落ちだ。笑い倒されるぜ！　回想術！　なにそれ！　白昼夢は飛び去り、飛び去りながら私を嘲弄する。これがやつの、わが白昼夢の流儀だ。昔からおなじみ。回想術！　向かいのアパートの引きこもり野郎の考えそうなことだよ！　かくのごとき空想のせいで、私はいまだに生活能力のある人間になれないのだ。嘆息。あまりにも自分がちっぽけな、ヘマな人間だから。これが飛び去った白昼夢の残した最後の教訓だ。おまえの脳味噌はなんだっていつもいつも、誰も乗ってこないつまんないことを考える？　なんだって自分がすごいと思うだけで、誰にも（リーザ以外）話せない――だって誰にも（リーザ以外）理解できないから――ことを明けても暮れても考える？　こんな素っ頓狂なことで金が稼げるだなんて、いい大人がなんで思える？　高圧クリーナーの男と数枚の落ち葉から、なんでこんなトチ狂った方向に行く？　いいかげん、他の人間をうなずかせるようなアイディアを思いついたらどうだ？　それも人が金を出すアイディアを、大至急！

# 4

自分にぐったり疲れた私は、きょう分別のあることをせめてひとつはしようと、意を決して床屋に行く。頭がくりひろげる埒もない考えから逃れるすべがないので、きょう二度目の外出をするのだ。だけど、いつもかも気を逸らした人生を送れるわけじゃないぞ、と小声でひとりつぶやく。〈消えたい病〉だけじゃなく、おまえはなにか別の情熱を持たなくちゃならんだろうが。といいつつ、自分への毒舌を聞いているのはなかなか心地がいい。その毒舌にふくまれている甘い毒が、罵《ののし》られている自分をその反対にひっくり返すから。さらに毒舌に隠れている誇張が、自分を同時に無罪放免にする。老いぼれのいかれポンチめ、いや役立たずのあほんだらめ、いやあほんだらの碌でなしめと自分に言って、そのあざけりの優しさに思わず笑ってしまう。ある意味で、この日の昼下がり、私にはこわいものはないのだ。内側からぽろぽろ崩れる、ないしは綿ぼこり化しているのを感じ、同時にそれを愉しんでもいて、自分にさほど腹も立てられない。マーゴットの美容院は、私ないし私たちのアパートからわりと近くにある。私とまったく同様に、奈落のはじっこでよたつきながらその日その日をやりくりしている、この地区に多い小さな店のひとつだ。その意味でこのへんの店と私とはお似合いである。当初マーゴットの美容院を訪れたのは、この店によそよそしさと同時に愉快を感じたからだった。というか、よそよそしさと愉快感がどうやって同居できるのかがわからなかった。いまもこのふたつの印象が同時に生じているわけがわからないが、いまはわからないというそのことまで愉快に感じる。少なくとも美容院みたいな、取るに足らない、ほとんど笑止な場所についてそうだからだ。マーゴットの美容院はおそらく六〇年代の建築で、おそらくそれきり改装されていない。男性客用のコーナーにごつい厚ぼったい陶製のシャンプー台が三つ、狭い空間にせり出している。マーゴットのほかには理髪師も美容師もいない。顧客ももうほとんどいないのではないか。年配の女性の、私みたいに金払いの悪いのが数人というところ。私が美容院の敷居をはじめてまたいだとき、マーゴットは腰を下ろして、中央のシャンプー台の、空のシンクに上体を屈めていた。そばに寄ってはじめて、彼女がシンクの底に皿を据えて、スープをすすっていたことがわかった。マーゴットはぎくりとして、ばつの悪い顔をした。もう客は来ないと思って、表の扉に施錠するのを忘れたのだろう。そのとき私は出直しますと言ったのだが、マーゴットはとどめて、食べかけのスープ皿をかたづけた。きょうはスープを食べていない。かわりに、あのときの中央のシャンプー台に、猫が一匹まるまって寝ている。

運がいいわよ、とマーゴットが言う、いますぐやってあげられるわ。にわかに周りが騒がしくなったのに、猫は動じない。マーゴットが左端の散髪用椅子をくるりと回し、私は腰を掛ける。鏡と鏡のあいだに、マーゴットが描いたとおぼしいスケッチ画が数枚貼られている。どれも同じ女性の横顔で、ボーイッシュなボブカットだ。一瞬、晩年にこんな感じのボブカットの絵をよく描いていた母のことを思いだす。マーゴットは洗濯してあったケープで私の前身を覆う。客は私のみ。もう後頭部を見ただけであなただってわかるわ、とマーゴットが言う。私たちは短く笑い、ついでマーゴットが《ラッキーレビュー》という名の雑誌を渡してよこす。男性用コーナーと女性用コーナーを仕切る衝立は、他の備品よりもひときわ古そうだ。竹を編んだ衝立で、六〇年代にそこらじゅうの居間で見かけた。テラコッタの鉢に入れた花が三つ、植物のつるで結わえて、衝立から吊り下げてある。マーゴットがポータブルラジオをつける。流行歌が流れ、猫が頭をもたげる。私は《ラッキーレビュー》誌で、スウェーデン王室の後裔についての記事を読む。見出しに、初めて王室にお孫さん、とある。それが〈初めて嘔吐に〉と間違って読めてしまう。が私は嘔吐するわけではない、その逆に、乱雑なこの空間のたたずまいに魅せられている。マーゴットは、私がリーザと会う前に知っていた女たちを思いださせる。どの女も私に合っていなかった。当時私は、どこかに〈ぴったりの女〉がいるという考えをあきらめ、合わない女と長くつきあう苦痛に慣れていたところだった。その後ほどなくリーザと知りあった。リーザが去ったいまは、他に女がいないから、もう一度自分に合っていない女とつきあうことに慣れなければならないだろうか、と考えている。とはいえ、合う女でも合わない女でも、新しい恋愛をはじめようという欲望はまったくわいてこないのだが、それも確信があるわけではない。マーゴットが髪を濡らしながら、バルト海のバカンスがさんざんだったという話をする。天気が悪いしサービスが悪いし従業員の機嫌が悪いしと、いっしょに行った母親が毎日つむじを曲げていたらしい。しまいにはあたしまで天気とサービスと従業員に腹が立ってきちゃった、そういうの、ふだん自分ではぜんぜん気にしないたちなのにね、とマーゴットが話す。もう金輪際、母といっしょに行くことはないわ。私たちは声をそろえて笑う。マーゴットが私の眼鏡をそっとはずし、耳にかぶさった毛を切る。つぎに兄が遣《つか》い込みをした話をはじめるが、これは以前訪れたときにすでに聞いた話だ。およそ十五分後、マーゴットは丸い鏡を手にして、私の頭の後ろで左右に動かす。私はうなずき、切りたての髪にむかって、うん、これはいいね、最高だよ、と言う。こんな大袈裟な言い方をしたところをみると、自分はすぐに帰宅するつもりはないのだ。マーゴットが刷毛でうなじを払い、ケープにこぼれていた毛を床に落とす。ケープのひもを解いて、えり足の毛を剃る。猫が首を伸ばし、マーゴットはポータブルラジオを切る。前回、およそ三週間前にしたように、私たちはレジのそばでキスをかわす。依然として新しい恋愛に踏み切る気にはなれない。色恋沙汰のさいに口にすべき一連の文を、もはや言うことも聞くこともできない気がする。だがマーゴットが手間を省いてくれる。ぺちゃくちゃ喋るが、色恋用のおさだまりのセリフは口にしない。私は取りだした財布をまたしまう。マーゴットが店の扉に施錠し、私は彼女の後について、女性用コーナーに隣接した奥の部屋に入る。マーゴットと私が散髪のあとで交わるのは、これがはじめてではない。部屋はブラインドが半分だけ降りている。前に掛かっているカーテンを透かして、がらんとした中庭が見える。先回はそこで子どもが数人遊んでいた。きょうは脇の家の窓に小さな鳥かごが吊り下がっているのしか見つからない。いまごろになって、眼鏡を洗髪台の端に置きっぱなしにしたことに気づく。眼鏡がないと、鳥かごの二羽の鳥は鳥と認識することができず、二個の動く斑点としか見えない。眼鏡がないので、慣れない状況なのに、くつろいでいる感じがする。私が眼鏡を長時間はずしていいことにしているのは家だけなのだ。私にとって眼鏡なしで歩き回るとか、あたりを見回すとかは、ぽろぽろ崩れていく人生への許可状のようなもの。マーゴットはすでに服を脱いでいる。急いでいるのかもしれない、とは私は思いつかない。私がシャツのボタンをはずし、靴ひもを解くのをマーゴットが手伝う。勘違いでなければ、私がそれほど色恋気分になっていないことは彼女にはどうでもいいようだ。マーゴットは、女房がその気がまったくないのに寝る、という男たちを思いださせる。服を脱がせるのをマーゴットが愉しんでいるのがわかる、と私は思う。長い労働の一日のあとにはこんな一風変わったアバンチュールが大切なのだろう。前回同様、彼女はソファに腰を下ろし、私を引き寄せて、ペニスを舐める。私は向かいの窓のふたつの動く斑点と、女性コーナーの三つの釜型ドライヤーにかわるがわる眼を凝らす。ドライヤーのアクリル板は、くすんで細かくひび割れている。ソファに座った小柄なマーゴットを見おろし、かわいいと思う。支えは必要ないのだが、彼女の両肩に手を置いて、身を支える。二度ばかりかるくかがんで、小さな硬い乳房をつかむ。そのとき降って湧いたみたいに、回想術講座のことが思い浮かぶ。そしてほぼ同時に、このアイディアは、なにあろう、背後に自分の個人的な願望があったのだと気づく。自分ひとりだけが歩くことのできる、自分だけの落ち葉の海がほしいという願望。たぶんマーゴットといっしょにいることが、回想術講座の背後にある個人的な動機を気づかせてくれたのだ。なんであれマーゴットなしでは、核心に行きつけなかった。感謝の念が体をつらぬいて、私はマーゴットの背中をさする。交わりの前や最中に寒気を覚えるのだと――ちょうどリーザみたく――いま聞いたみたいに。マーゴットへの感謝の念は、ペニスがいつになく大きく硬くなっていることにも表れている。ふいにわかる――からっぽになったリーザの部屋を落ち葉でいっぱいにさえすればいいのだ、それで自分専用の落ち葉の部屋が持てる。落ち葉の部屋を歩き回ることは、リーザから離れると同時に、リーザから離れることの不可能を知るまたとない手法ではないだろうか？　ポリ袋数枚にプラタナスの落ち葉を詰め、目立たないようにアパートに運び込み、リーザの部屋に撒き散らすだけでいい、それで完了だ。私は数秒間この思いつきと遊んで、幸福感にひたる。これがマーゴットにおかげをこうむった新しい幸福なのか、それともリーザの残余の古い幸福なのかははっきりしない。同時に、精神病者として無数のしなびた落ち葉に囲まれ、わけのわからないことをつぶやきながら、からっぽのリーザの部屋につくねんとしている自分を思うと、ぞっとする。同じ言葉ばかり何度もくり返すのだ、私は存在許可のない人生にはもうこれ以上耐えられません、と。例によって、そんなことを理解してくれる人は誰もいない。むろんリーザは別だが、そのリーザはもはやおらず、二度とふたたび現れることもないだろう。リーザが訪ねてくるとしたら、私が精神病院に入ってからだ。しかしそのときにしても、彼女は私を理解できない。だってリーザは泣かずにはいられず、そして泣くだけで全力を使い切ってしまうから。精神病医は重度の分裂性の人格障害だの、精神病症状を伴う激越性鬱病、偏執的被害妄想だのと口にするだろう。誰かがなにか起こして前後不覚に陥り、入院させられたときには、きまってそんな言葉が新聞に並んでいる。リーザがこんな言葉を聞いたら、いよいよもって号泣だ。マーゴットが私から離れ、カウチの上で四つん這いになる。手で彼女の性器に触れると、乾いている。私は人差し指と中指を唾でぬらし、陰唇にあてててやさしくこする。同じことを薬指と小指でもう一度。そっとゆっくり、マーゴットの下腹部にペニスを差し入れる。彼女の子どものように小さい尻を両手でつかみ、しっかり引き寄せる。マーゴットが獣のうなり声を漏らし、私はそれを聞いてうれしくなる。できるかぎり動きを均一にして、首尾よく交わりの長さをひきのばす。このとき、私は美容院の外でもマーゴットと会えるだろうか、という疑念がはじめて脳裏をかすめる。と忽然として、この元気がやがて恥ずかしくなるかもしれない、と不安になる。とすぐに、その元気の一部が私から失われる。数秒後、どうやら自分は絶頂には達しそうにないことがあきらかになる。マーゴットもどうやら同じぐあい。落ち着きなく両の掌で体を支えたと思うと、すぐまたひじに替えたりしている。依然として前向きに屈んだ姿勢だが、ふいに首をねじって、私をまじまじと見る。私はこの視線を、交わりを中断してもよい許可とみなす。私はマーゴットから離れ、マーゴットは起き上がって、しばらくいかにも間が悪そうなそぶりをする。交わりがやりさしになったことで、私はマーゴットにいっそう親近感をおぼえる。彼女は不首尾についてなんの小言も言わない。ありがとう、と私は言いたくなるができない。人間であることとはなんとおかしなものなのだろう！　もしもわれわれが正常であることができるなら、ずれもしばしば人間的なものであるのだが、だがわれわれはめったに正常ではないのだ。マーゴットにそう言いたいのだけど、悲しいことに自分に後ろめたさがあって、私は口を閉ざす。やりかけで終わった交わりは、マーゴットのおかげで、いわば悲哀の免除になった。この免除から生まれた喜びに、私たちはたがいを見つめあう。ふたりはなにか難しい約束事をいくつも取り決めておいて、それを守りぬいたかのようだ。マーゴットのほうがはやく服を着終わる。私は服を着かけでサロンへ眼鏡を探しにいく勇気が出ない。マーゴットが部屋をもとどおりに整える。これまで彼女に金を渡したことはなかった。だがきょうは、どうしても金を置いていきたい気がする。支払いをするように見えてはならない。ただ、マーゴットの人生にふいに心が痛んだのだ。彼女もまた認可なしの人生を生きている、と思う。ふたりで存在許可のない人生について語りあいたい、という欲求を感じる。彼女のせかせかした動作に、むりやり生かされているという感覚を幾度も味わってきた人の気まずさを感じるのだ。とはいえ、無許可人生について語らうほどの力は、いまだ自分にはないのではという気もする。そんなことを語れば、なんであれたいがい自分は序の口の部分しか知らない、という子どものときの感情をまた感じるだろう。そして序の口を知ったところで逃げだしてしまうのだ、なぜなら、人生の複雑さが自分にはいかに怖ろしかったかが、まざまざと蘇ってしまうから。マーゴットがまた店を開けたそうにしていることに気づく。猫が奥の部屋から入ってきて、私が靴を履くのをじっと眺めている。ついで猫は、さっきまでマーゴットが四つん這いになっていたカウチに跳びのる。私の眼鏡は中央の洗面台の端にそのままある。隣の洗面台に、暗色の髪の毛が一本落ちているのを見つける。髪はくねりながら、洗面台の上端に届いている。眼鏡をかけて財布を出すまでは一息の動作だ。百五十マルクをカウンターにおいて、おつりは要らない、というしぐさをする。マーゴットは逆らわない。少しして、彼女がドアを開く。唇をかるく彼女の顔に触れて、私は消える。

外に出ると、往来で、首まわりがだぶついたワイシャツを着た男が眼を惹く。サイズの合ったシャツを買う気力がないのですか、と訊いてみたい。そしたら、じつは私もその気力をなくしてしまいましてね、と言うことができるだろう。それで私たちはいっしょに飲み屋に入り……いや、そんなことは起こらない。向かいの建物の四階の、開け放した窓のきわに若い男がひとりいて、下の街路にむかってアコーデオンを奏でている。私がふり仰ぐと男はひときわ演奏の音を高め、それで私はちょっといたたまれなくなる。眠っている乳飲み子が、小さな死人よろしく、私のかたわらをベビーカーで運ばれていく。ほとんど人影のない十字路を、六羽ひと組になった燕が飛びすぎる。そういったこまごましたことに逐一、注意しすぎるぐらい注意して眼を凝らす。でないと、つい腰をかがめて、あたりに散っている落ち葉を拾い集めそうになるのだ。落ち葉の部屋なる思いつきは、計画する分にはいいが実行してはならないことを、私はちゃんとわきまえている。落ち葉は、街路に落ちているかぎりにおいて愛でてよいものなのだ。リーザのいた部屋に撒くことによって落ち葉を救える、ないしは自分を救えるなど、ゆめゆめ考えてはならない。だがこうしたむなしい願望を抱くことの羞恥もまた感じたくはない。発狂の恐怖は、いまこの瞬間あまりにも強烈で、この恐怖がすでに狂気のはじまりではないのかと怖ろしくなる。ついで私は背をかがめ、長い葉柄の、細かい切れ込みの入った厚いプラタナスの葉を一握りで四枚、いや五枚、つかみ取る。

# 5

河岸には私のほか人っ子ひとりいない。右手にはひっきりなしに車が行き交うバイパス。車の騒音は、私のいる土手の下まで聞こえてくるが、気にならない。左手で河がざあざあいっている。きょうは少し濁っていて、泥水と言っていいほど。昨夜のうちに雨が降ったのだろう。バイパスと河のあいだが広い草地になっていて、そこに何本か、踏み固めてできた小径がついている。いくぶん高くなっているバイパス沿いの土手には、ベンチが数基残っている。ほとんどのベンチがこの数年のうちに狼藉者に取りはずされて、壊れてしまった。市はベンチを新調せず、それでこの区域の魅力もそのままになった。しかし河岸の荒《すさ》みようは、私には誂《あつら》えむきだ。人に見られずに仕事に専念できるから。七年前から、私は靴の試作品を試し履きする検査員をしている。断言できるが、この仕事は、私がこれまで止めずに続けてこられた人生で唯一のなりわいである。おまけに成果は上々で、私がといってもそれは私に格別の才能があるからではなく、担当のハーベダンクが好んで言うところでは、〈わが社製品の市場における幸運〉のせいである。私が働いているのは、小さいが急成長を遂げている高級靴メーカーで、当時の友人だったイーパッハが声をかけてくれたものだった。イーパッハはもともと舞台監督をめざしていた男で、事実いいところまで行ったのだが、オルデンブルクの市立劇場で長すぎる助監督を務めたあと、新しい契約にこぎつけられなかった。その彼が偶然のなりゆきで靴メーカーのセールスマンになり、そして私もいまそこで働いているというわけ。ぴかぴかの新しい靴を履いて一日中歩き回るだけでいいんだ、そして歩きながらどんなことを感じたか、できるかぎり正確に報告を書くんだ。イーパッハのこの言葉が決め手になり、それで近郊電車に乗り、イーパッハの推薦状を胸に、担当のハーベダンクを訪ねたのだった。きょう試し履きをするのは、重たい、縁をかがったタンニンなめし本革ボックスの磨き入りオックスフォードシューズ。靴ひもはクラシックに、寸分違わぬ左右対称形に結ばれている。オックスフォードシューズは靴底が厚いので、(仔牛革なのに)履いた感じが硬いことが多い。すでに一時間あまりこのオックスフォードで歩き回っているが、今回のものは圧迫感を生じる部分が皆無だ。繊細とすら言えるほどのコルクの中底のおかげだろう。裁断師のツァプケの仕事。二足目として、きょうはやはり重たくて縁をかがったフルブローグ・ダービー靴をテストする。個人的にはけっして好きな靴ではないが、愛好する男性はしごく多い。穴飾り《ブローグ》は、少なくとも爪革《つまがわ》についてはありきたりだ。かかと側のほうは裁断師が新しい模様にしているので、これでたぶん五十マルクは値が上がるのだろう。穴あき部分が他の革と同じ色（ボルドーレッド）になっているのは、一部の純粋主義者に嫌われそうだ。ちなみにボルドーレッドという色も、そういう純粋主義者は気にくわないだろう。彼らによれば、このぐらい高級で高品位の靴は、かならず黒か茶（濃茶）であるべきなのだから。三足目は馬革《コードバン》のブルーチャーで、現在あるなかでもっとも高価な靴である。ものすごく多くの革を縫い合わせてあり、縁は一端が見えていて、一端が中に隠してある。毛糸の帽子かと思うほどやわらかく、また多数の革を縫い合わせていながら、一枚でできているようなフィット感がある。三足のうち、これが私から一番の評点をもらいそうだ。ハーベダンクは、少なくとも一足あたり四日履けと要求しているが、もう長いこと守っていない。靴の履き心地について、ことにかかととつま先の圧迫感については、半日あれば確実にわかり、的確に描写できるようになっている。私は草原《くさはら》に腰を下ろし、荒涼としているとともに心を穏やかにする、ゆったり、ひろびろと流れている河に眼をやる。銀食器の入った箱を開けたときのように、河が日差しに燦めいている。

ほど近いところに、歩行者用の狭い橋がカーブを描いて架かっている。ひと組のカップルが渡っていく。ほぼまん中でカップルは立ち止まり、いささか激しすぎるキスをかわす。いまるでなにかに不意に脅《おびや》かされ、その脅威への対抗策としてキスをしているみたいだ。いま、キスを終え、カップルはほっとした様子で、高揚した気分のまま狭い橋を去っていく。

左手から、粘土質の小径をひどく荒んだなりの女がやって来る。五十から六十がらみ、左手にトランクを引いている。服装も靴もきたなく、髪は一部もつれている。つとめて女を見まいとするが、それは私の心の本当のありようからややずれる。というのも、私は頭のヘンな人、なかば気の触れた人、イってしまった人のそばにいるのが好きなのだ。そして、自分もやがて彼らの仲間になるのだと想像する。そうすれば長続きする安定した職業を探して、その長続きする安定した職業にふさわしい人生をいとなむことからこんどこそ解放されるだろうから。頭がヘンになってしまえば、ついに見つけたこの人生にふさわしくないあらゆるものをぶちのめし、ぶち殺す力をついに手にするのだ。女はそばまで来ると、私の眼の前でトランクを草の中に置く。金属の握りのついた、年季の入った厚紙製のトランク。ひとりの人間のうちで最後に残るものはトランクだな、と思いつく。よっぽど意図的に壊さないかぎり、トランクは永遠に保《も》つ。トランクよりもトランクの握りはさらに壊れにくい。この女が死んでトランクが壊されても、残された金属の握りが、もはやそれとは判らなくなった人生のことを思いださせるだろう。女に言いたい気持ちになる——安心してください、あなたのトランクの金属の握りが、いつでもあなたの人生を証言してくれますから。この文を口にすることができない。それゆえ、いまふさわしいのは私の眼に涙が浮かぶことだ（かもしれない）。だが私の顔は乾いたまま。女がトランクを開け、空っぽの中身を私に見せる。私の眼に入るのは、二本のだらんと下がった荷物留めのベルトのみ、女はひとしきりそれを手でもてあそぶ。さきほどキスしていたカップルの唐突な不安は、この空っぽのトランクのせいだったのか、とふいにひらめく。ふたりは橋の上で、トランクを引いたこの女を目撃し、いつか自分たち自身がほかならぬ空っぽのトランクの蓋の片方ずつになるだろうことを、容赦なく悟ったのだ。女がくくっと笑って、トランクの蓋を閉め、姿を消す。数秒して、私の胸に母が蘇る。子どもの頃、母は昼近くなると、ハンドバッグ、帽子、スカーフ、傘を外出のしたくをするかのように玄関先に揃えていた。が、それでいて出ていかなかった。電話機の脇の椅子に腰を掛け、ハンドバッグ、帽子、スカーフ、傘に眼を凝らしていた。私はしばらくしてから母のそばに行き、出ていくために揃えたけれども使わずに終わった品々に、母といっしょに眼を凝らした。三十秒後、私と母は抱きあった。しっかり体を押しつけあって、顔を見あわせて笑った。いまにして思うに、母はそうやって、世界が彼女にとって見るに値しないことへの恐怖をコントロールしていたのだ。こんな回想をしているうちに、つつましい満ち足りた気持ちが胸にわいてくる。いまはただ、週に一度か二度、この草原に腰を下ろして、河を見ていられればいい、と思う。山黄蝶《やまき》が一羽、ふわふわと草の茎の上を舞っている。魂というものがあるのかどうか、これまでついぞ関心を持ったことがなかったけれど、ふいに、もしかしたら自分にも魂があるかもしれない、と思い、その思いに心を遊ばせる。といっても魂がなんなのかわからないし、どうやったら魂について語るなんてことが悪びれずにできるのかもわからない。しかし魂が害を受けないためにはどうすればいいのかは、できれば知りたいものだ。魂が害を受けないために、か！　そう、いまそう思ったのだ、だがその思考のもったいぶった単純さに羞恥はおぼえない。おそらく魂とは、煩わされていないことの言いかえにすぎないのだろう。魂は小さな極彩色の回転木馬で、ここへ来てこの草原に座るたびに、私はこれに乗って跳びはねている。この文に対して魂はなにも言わないが、いまにも声を出して喋りだしそうなのがわかる。おそらく魂は、なにかを口に出して言うのではなく、つねに二、三の心像を見せるのみなのだろう。不安げにキスを交わすカップルとか、空っぽのトランクとか、母の思い出とか。たったいま私の関心は、上衣のポケットでたえまなく生成している毛玉のことにのみある。昨日から今日にかけて、一夜で発狂することはなかった。街路で落ち葉を集めて、リーザの部屋に撒いたけれど。その葉をながながと眺め、とてもうれしかった。部屋に運ぶのは同じ木の葉がいいのか、それともいろんな種類のがいいのかを考える。たったいまは、やや気が挫けている。お昼時で、腹が空いてきたからだ。節約しなければ、高い店はやめよう。とはいえファストフードとか屋台はこりごりだ。数日前のいくつかの体験が、いまも脳裏にちらちらしている。

　数日前、十三時頃にファストフードの店に入り、腹を空かせた人々の行列に並んだのだった。ほどなく気づいたのは、カウンターの後ろにいる女が、自分が給仕している人々の顔をまったく見ないことだった。ガラスカウンターに皿を置きざまに、顔を上げもしないで、「つぎの人」、とだけ言う。見てもらえなかった客は、出された皿をそそくさと受け取って、まわりの小さなスタンドテーブルに散っていく。それでまたわかったのだが、見てもらえなかった客は、その結果、食べている者同士でも眼を交わさない。私は皿をテーブルに置いたときようやく、またしても安食堂で安食事をとっていることに気づいて、ぎょっとした。恥ずかしさにせかせかと食べた。いたたまれず、フォークを口に運ぶたびに眼をつぶった。しかし眼を閉じたり開いたりしていると、傍目には感情が高ぶっているように見える。数分後、この高ぶり感によって、余儀なく食べるのを中断した。私は食事がひどくまずかったかのようなふりをした。下手な役者みたいに皿を小さなテーブルのまん中に押しやり、ぷいとそっぽをむいたのだ。顔を背けながら、食べている人の少なくともふたりは、私の大仰なしぐさを気に留めていないことに気づいた。彼らはひそかに悟ったのだ、私が……　ああなに言ってんだ、彼らがなにを悟ったかなどわかりっこないのに。ともかく、こんなことがもう二度とあってはならない。他人と肘と肘が触れあうぐらいのところで生きていくにしても、僧侶のごとき動じなさを身につけねば。小さくうめいて私は腰を上げ、上衣を叩いて、草の葉を払い落とす。コードバンの靴は帰り道に試すとしよう。数歩歩いただけで、僧侶の動じなさほどいまの自分に欠けているものはないことに気づく。長らくまわりを見回しているうちに、私の〈つつましく満ち足りた気持ち〉は名称変更していた。その名はいま〈のんべんだらり〉で、当然ながら、その呼び名によってまたしても私をぎくりとさせる。まったくだ、私にはさっぱり気力がない。この回りくどさとうわの空かげんは致命的だ。とはいえ、この性質について誰かに愚痴ることはできない。自分を受け入れたうえで、この性質の御しがたさが、時とともにいくらかなれ減じることを願うばかりだ。だが、時は過ぎ、わが性質は残る。一週一週悪化するばかり。気が散るのを抑えなければならないのに、これなしで生きていけないことが自分でわかっている。この葛藤のために息が詰まる、ないしは病気になる――私の場合ふたつは同じ――ことは明白だ。しかもこんなゆゆしい衝突の起こる舞台がなぜよりによって自分の人生なのかすら、つかめずにいる。私は何十年来、軋轢のない人生を送ろうと努めてきたし、じっさい長いこと首尾よく行っていたのだ。幼少時からすでに円満な日常を作る努力をしてきた。人生の最初の何年かは、以下のごときモデルにそって過ぎた。すなわち、朝起きる、寝間着のまましばらく遊び、それから母と朝食をとる。そのあと半時間ばかり外に出て、友だちと遊び場で会い、誰かれと一緒に近くの河岸、これはいま私がちょうど後にしようとしている場所だが、この河岸をうろつく。その後友だちと別れて家路につき、母ににこやかに迎えられる。翌日はまた頭から同じこと。人生のはじめの数年は、だいたいそのように過ぎたのだ。母はこの秩序を是認してくれているように見えたのだが、それは誤解だった。というのも、よりにもよってその母が、家での母との平和な人生を終わらせ、私を幼稚園に入れたのである。私はある日突然、二十六人の、知り合いたくもない見知らぬ子どもに囲まれた。このときはじめて、理解不能なものが出現した。つまり、人生および母親について自分がわかっていたつもりだったものと一致させられないものができたのだ。私はわかろうとする試みを途中で放棄し、すでにわかっているものによりぴったりする別の始まりをさがした。こうして、なんであれ、自分はものごとを序の口しか把握していない、という想いが生まれた。ほどなくして、私はつぎつぎと積み重なったいろんな序の口だけの理解にもみくちゃになり、ますますなんのことかわからなくなっている。いまに至るまで、私は込み入っていて、新たな理解の始まりを要求される状況になると、途中で理解するのをやめてしまうか、子どもっぽく待ちの姿勢に陥ってしまう。困るのは、序の口だけの理解が大量に精神に積もっていることだ。私は、日干しになって茎がぽきぽき折れそうな岸辺の草の原を通っていく。子どもの頃ひとりか、あるいは友だちふたりでここを歩き回ったものだが、半日歩いても膝のあたりにやわらかい草を感じるだけだった。イラクサにだけは触らないように気をつけた。大黄《ラバーバー》という言葉が好きだった。スイバやタンポポを食べることもおぼえた。ここを歩き回ると、たちまちほかのどこでも起こらない恍惚感にひたったった。なぜなら、まわりの草を理解する必要がなかったから。おそらくそのひときに、想像もできないぐらい遠くから、私は人生の面妖さに足を踏み入れていたのだろう。それはいまだに続いている。持続するあらゆるものは、面妖にならずにはすまないのだ。私は河岸をあとにし、左に曲がってバイパスに入る。スーパーで小ぶりのパン一個とスパゲティ一袋を買おう。このごろだんだんと、同時に買う食料を二品にとどめるようになった。果物とバター、牛乳とコーヒー、パンとスパゲティというぐあいに。最近は十マルク以上買うとどきりとする。逆に二品だけ買って帰宅するときは、また正しい行動をしたという気持ちになる。デューラー通りに日用雑貨店がオープンした。入口に風船がいくつも浮いていて、サーカスの座長に扮した店員が手回しオルガンをまわし、女性店員のひとりが通行客に一口サイズのカナッペを、もうひとりがシャンパンを供している。路上のアルコールは私を誘惑し、私はたちまち二杯目を手にする。カナッペには冷製焼き肉とハムとサーモンが載っている。うまく立ち回れば、昼食の問題は通りすがりに、しかも個人商店のおごりで解決できるわけだ。それに、手回しオルガンに合わせて回りながら手を叩いている若いダウン症の青年に心が惹かれる。障碍者によく見られるように、この青年も横縞のソックスをはき、きつすぎるセーターを着ている。人々の眼が店の開店よりも彼のほうに惹きつけられていることに、日用雑貨店の社員は気づいていないわけではない。青年の幸せな空っぽの表情、愚直に表された満足が気に入る。誰もが苦しんでいる、障碍を持ったこの青年だけが、常軌をはずれたことの幸福にひたって陽を浴びている。冷製焼き肉の乗った二つめの白パンに、私は手を伸ばす。青年がシャンパンを飲もうとすると、年配の女性が、母親だろうか、さっと手からグラスを取りあげる。青年はその叱責に気がつかなかった様子で、ふたたび踊りだす。女の売り子が私にむかって、贈答品コーナーをご案内しましょうか、と訊ねる。ああ、はい、ぜひ、と答えるが、自分の関心からいきなり気を逸らされたことに腹が立つ。だがそこへズザンネが背後から近づいて、私を救う。

ぜんぜん会わないか、たてつづけに会うかのどっちかよね、ズザンネは大声で言って、売り子と私の間に割ってはいる。

どっちもよくないかな、と私は答えて、グラスをズザンネに供する。

なにしてるの？

試食をやってるから、これを昼飯にしようかなと思ってるところ。

たぶんみんなそれを狙ってるわよ、ズザンネが言う。

きみも？

ううん、あたしはヌーデルホルツに行くところ。いっしょに行かない？

食べ物屋？

ええ、感じいいし、高くないの。

私はシャンパンのグラスを店員に返し、ズザンネと歩きだす。

ヌーデルホルツはね、あたしが週に二、三回ランチするもんだから、あたしにテーブルを空けてくれてるの。

私は試し履きをする靴をリネンのバッグの底にこっそりと落としこむ。仕事のことを話したくないからだ、少なくともいまは。ズザンネは黒っぽいきつめのブラウスを着て、脇に黒いボタンの並んだ上品な灰色のスカートを履いている。この数年で胸がずいぶん豊かになった。前歯にかすかなすき間ができた。ズザンネはきびきびと歩きながら、職場の愚痴をこぼす。

弁護士ってね、とズザンネは言う、もう信じられないくらいかったるくて、単純な連中。

私は、若いカップルがベビーカーの子どものほうに身をかがめて、いっしょに焼きソーセージを食べているのをちらりと観察する。ズザンネの舌の先が左の口角から右の口角に動き、また戻る。喋っていないときもズザンネは唇を閉じない。怒気をおびた喋りが、顔つきにしまりと切迫感を与えている。ヌーデルホルツはちんまりした、狭いぐらいの食堂だ。ひと間だけの細長い空間に、二十台前後のテーブルが置かれ、半分ほどが埋まっている。私たちは窓に近い席につき、私はメニューを見る。ズザンネは、先刻から事務所の弁護士の悪口がとまらない。私は隣席の中年男性を観察する。男のジャガイモが一個床に落ちたのだ。男は、ジャガイモを右の靴の先でテーブルの下に蹴り込もうとしている。あの男を見てよ、と言ったらズザンネは話題を変えるだろうか、と考える。かわりに彼女が言う。なににするか決めたら、メニューを閉じなきゃだめよ、そしたらウエイターが気がついてこの席に来るから。おとなしく私はメニューを閉じる。眼を落ちたジャガイモに留めたまま。いくらかして、ズザンネが詫びる。

愚痴っちゃったけど、悪く取らないで。けさちょっとばかり人生の低劣さを見ちゃったもんだから。

気にしないで、と私は答える。ズザンネは水を何口か飲んでから、窓の外を行き交う人々を眺める。

大衆の悲惨っていうのは〈ズザンネはほんとうにそう言ったのだ、〈大衆の悲惨〉と。私はびっくりする〉、こういう哀れな人たちが、一生涯、偉人と出会わないことにあるのよね。わかる?

私はうなずいて、同じく水を飲む。

ヴェンツェルとかシュロートホフとかザイデルとかって〈いずれも彼女の職場の弁護士の名前だ〉、ああいう連中はさ、ほかのヴェンツェルとかシュロートホフとかザイデルとしか知り合わないのよ。そういうとこから、平凡が最高だなんて思うようになるんだわね。

私は勢いよくズザンネに相づちをうつ。

ズザンネはパスタ・ミスタを注文し、私は値打ちなリゾットでがまんする。

あたしだって凡庸さにおびやかされてるの、とズザンネが言う、月並みなものは一切避けるように努力してるんだけどね。ときどき、夜中に起きて、ベッドで泣くの、だって、もう二度と舞台に立てないんだって思うとね。友だちのクリスタだって、あたしとまったく同じ。あの子、昔ほんとなにもかもやりたがってたのに!　哲学を勉強したいとか、遠いところへ旅したいとか。それがいまじゃ、砂利の採掘跡にできたクッさい池のそばで、テレビガイド読んでるってんだから！　マルティーナはどう！　服とか化粧品とかにお金つかって、若い男を追っかけてる、その男のほうじゃ、彼女にはキッチン掃除してもらうのもイヤだってくらいなのに。あとヒンメルスバッハときたら！　あの男、あなたも知ってたわよね？

私はうなずく。

ヒンメルスバッハなんか、もう無惨！　ズザンネは声を高くする。前はあいつのこと、すごいなって思ってたのになあ！　インターナショナルな雑誌に載せる写真を撮りに、パリに行くとか言ってさ！　なあにがよ！

こないだ見かけたよ、と私は言う。そうとうひどいんじゃないかな。

いやになっちゃう、とズザンネが言う、あたしだって、知ってるのは平凡な人間ばっかり。

いまにズザンネがぷっと吹きだし、あなただってどう見たって偉人じゃないしね！　と私に面とむかって言いそうだ、と思う。ところがズザンネは、大学でドイツ文学を修めていながら最近弁護士事務所で秘書として働きだした女ふたりのことを話しだす。

その子たちったら、ずうっと前から秘書だったみたいな喋り方するのよ。

ズザンネに賛意を表したいのだが、慰めのように聞こえてはまずいと思う。ズザンネはため息をついて、首につけた艶消しパールのネックレスに視線を落とす。

きょうは午後に仕事があって幸い。でなきゃ、いまごろ飲んだくれてたところ。

どうして？　私は声をひくめて訊く。

めちゃくちゃ落ち込んでるんだもん。

それで、どうやるつもりなんだい、と私は訊ねる。一般大衆が偉人と定期的に接触ができるように、きみはどんな企画をするの？

ズザンネが眼を丸くして私を見る。

ありとあらゆる貸しマンションに男なり女なりの偉人を宿泊させて、毎日十時から一時まで、木曜休みで、面会時間を設けるとか？　それとも週に一度、地区のコミュニティセンターに偉人に来館してもらって、大人物とはなんであるか、どうしたら大人物になれるかについて教えてもらう？

ズザンネがゲラゲラ笑う。あなたったら、あたしの話、真面目に聞いてないのね。

逆だよ、大真面目に聞いてるよ！　どうやったら偉人と大衆を出会わせることができるか、それを考えてるんだ、だってそれがないんだろ、きみが自分で言ったじゃないか。

でも、あなたがイメージしてるみたいな、そういうことじゃないって。

じゃあ、どういうこと？

わかったわかった、とズザンネはいくぶん嘲り気味の声で言う。わかったわ、あたしって、また夢みたいなこと語っちゃったようね。でも嬉しい、少なくともあなたとならナンセンス話もできるってことだもん！

ズザンネが笑う。私たちはグラスを上げて乾杯のしぐさをし、飲む。ややシリアスになりすぎた雰囲気が転じたことが嬉しい。ということは、ズザンネに関する私の個人的な状況は、逆に前よりもシリアスになったということかもしれない。彼女が自分の夢みたいなナンセンス話、ないしはナンセンスな夢話を私とならできると言ったことは、彼女が私を平凡だとみなしていない、ということを暗に言っている気がする。私たちは支払いをすませて外に出る。彼女を事務所まで送っていく。

聞こえた？　とズザンネが外で言う。あたしがしょうもない愚痴を話せる相手は、あなたひとりだけってこと！

ズザンネは立ち止まって、いささか芝居がかって私を見る。私はうなずく。ズザンネとつき合ったら、こんな場面をこれからたびたび経験するようになるのだろう。まだあいかわらずとくに女が欲しいわけじゃないな、とすでに頭をよぎる。というか、そうひと言でいまの状況をくくることはできない。もちろん、女は欲しいのだ、だが齢《よわい》四十六になる私は、男の役まわりをしてもう一度恋人を演じるには歳を取りすぎている、それどころかもう消耗している、と感じる。そういう男のようにはもはや語れないし、そういう男のようにはもはや振る舞えない。私はたまたまズザンネの近くにいたにすぎない。だがたまたま近くにいたにせよ、ズザンネがほんとうはどんな男を待っているのかはわかる。有能な、成功した、人を飽きさせない男だ。たまたまそばにいた男（つまり私）が彼女とひとときを過ごし、ズザンネが望む／憧れる／夢見る男は彼女の人生には現れないだろう、と気がついた。ただそれゆえに、余り者のズザンネはたまたまいただけの男（つまり私）と結びつくという寸法。おまけに気が重いことに、そもそもズザンネは私には美しすぎる。ほんとうに美しい女に会うと、きまって私は、この人に僕はふさわしくない、と思う。あまり綺麗とはいえない、あまり賢くない女に対してだけ、彼女は僕と同程度だ、僕が気をかけても彼女なら驚かないだろう、と思う。といいながら、私はいま、ズザンネが前から来る通行人をあまり避《よ》けずにすむよう、気を配る男のごとく振る舞って歩いている。午後に裁判資料をまとめないといけないのよ、あすの朝うちのチームが地方裁であつかうもんだから、とズザンネが喋る。声にいくらか見下した調子がある。私たちは陽を正面から受けて歩く。ズザンネがバッグから黒いサングラスを出してかける。愁歎の口ぶりに、私はおおいに心を動かされる。いまや彼女は、かつての栄光について誰にも触れられることを望まない、本物の女優みたいだ。本当のところ、ズザンネはたった一度しか舞台契約をもらったことがなく、しかもそれも本物の契約ではなかったのだが、そこのところを考えてはならない。当時、二十四歳のズザンネには同じく若い恋人がいた。恋人はありていにいって無職だったが、ただ自分では未来の演劇人のつもりでいた。遺産（亡くなった父親が歯科医だった）をつぎこんで小劇場をつくり、ズザンネをそこに出演させた。彼女がしろうとなら、恋人もまたしろうとだった。ふたりのアマチュアが、現実に目をつぶって、プロを気取った。そしてほぼ二年後、目をつぶっていたその現実が鼻先に突きつけられた。恋人の資金は尽き、客足はぱっとせず、劇場は閉めるほかなくなった。劇場の終わりがズザンネの演劇人生の終わりだった。だが目下のところ、以上の来歴はまったく真実ではなかったかのごときである。ズザンネは足早に、燃えるような憂鬱をふりまいて歩いていく。まるでこの悲嘆が、一からまた来歴を始めることを彼女に要求しているかのように。弁護士事務所のドアの前で、ズザンネが言う、さてまた、現実に戻んなきゃね！　みじかく笑って身をひるがえし、姿を消す。

私はそのまま、市場が立っている広場にむかう。ライン通りにかけて、食肉用家畜を扱っている露店がいくつかでている。そこのベンチに座って、どうするか考えよう。私が凡人なのか、それとももしかしたら偉人だったりするのか、たぶんズザンネ自身には判断がつきかねている。ライン通りの少し手前を、ショイヤーマンがこちらにやって来る。むかしピアノを教えてもらった男だ。ショイヤーマンが歩みをゆるめる、私に声をかけるつもりだ、だが私はうまいこと彼を避ける。ほぼ二十二年前、彼は私に一度だけピアノのレッスンをした。もっとやってもよかったのだが、最初の一時間で私は懲りて、ピアノのレッスンを打ち切りにしたのだった。ショイヤーマンはたぶんいまでも、そんなに堅苦しく考えないでいい、レッスンはいつまたはじめてもいいんだと言いたいのだろう。ライン通りから、ヘアスプレー、ガソリン、焼きソーセージ、煙、鶏糞の臭いがただよってくる。往来の雑音にまじって、ひよこの鳴き声が聞こえる。平たい籠に入って、地面でじっとしんぼうしているのだ。鵞鳥と鶏の露天商の近くで私はベンチに腰を掛ける。ズザンネにとって私が充分に偉人であるのか否か、という、わがいたましい想念をふり払ってくれそうな人は、どこを見わたしてもいない。といって、答えはもうでているのだ。すなわち、教養によるなら私は偉い人であってもおかしくなく、職業によるなら、そうではない。ほんとうに偉いのは、個人の知識と人生での地位とを両方融けあわせることができる人だけだ。私のごとき、学しかないアウトサイダーは、つまるところ現代の乞食であって、どこぞの隅にいろとすら誰にも言ってもらえない人間である。埒もないことをまたつらつら考えた。車椅子に乗っている中年女性を眺める。屋台のテントの下に車椅子を寄せて、座ったまま焼きソーセージをほおばっている。こんなに長く知っていながら、いまごろズザンネに近づこうかどうしようか考えているとは、それに、そのきっかけがズザンネのお昼時にたまたま出会ったことだとは、と思うと、混乱してくる。ズザンネの乳房はいわば子ども時代から知っているけれど、長年見ていないし、触っていないし、だからもはや知っているなどとはたぶん言えないだろう。ある女の乳房を〈知り〉たい、という想いそのものが、なんと面妖なことか！　といった変てこな心境でいるうちに、人生を続けるに値するとみなす勇気が私から去っていく。ひょっとしたら私も焼きソーセージを食べた方がいいのかしらん。腹はもう空いていないが、焼きソーセージを食っているうちにあらゆる人生のまったき面妖さについて、それを表すような言葉が思い浮かぶかもしれない。人生が停滞しているときに小動物に眼を凝らすのは、私ひとりではない。ここにいる男女のしかめっ面からは、彼らが鶏なんか買いそうにないことはすぐわかる。黙りこくって籠の前に立ち、なにかぱっとしたことでも思いつかないかしらと思っているだけだ。三十秒ほど前から、隣のベンチで年配の女性がふたり、ベランダの花と施肥について話している。

アイビーだけよ、耐寒性があるのは、とひとりが言う。

わかってるわよ、ともうひとりが言う、でもアイビーって、伸びかたがちょっと早すぎるのよね。

ふたりの話に耳を傾ける気になれず、しばしあたりを歩き回る。鳥を商っている露店で、農家のおかみがそれぞれの籠の柵にトマトを一、二個ずつ押しつけている。籠の中の鳥がせかせかとつつく。だしぬけに、耐寒性という、さっきのひと言が意識に蘇る。僕は耐寒性があるだろうか、と自問する。耐寒性はない、その逆だ、冬の厳しさにはいつも耐えかねる。耐暑性すらないもんな！　だけどもし誰か女性がいたら、いないよりは多少なれ耐寒性が高まる（かもしれない）。たまたま耳にした耐寒性なる言葉が決め手になって、私がズザンネにあらたにアプローチするなんてことはありだろうか？　人生のまったき面妖さが、またしても私の体をつらぬく。もう空がゆるんで、雨がぽつぽつ落ちてきた。テントの下に入る。さっきの車椅子の女性がまだいる。焼きソーセージはもう食べ終わっている。ずっとビクビクし続けている雄鶏のとさかを、身じろぎもせずに眺めている。それからバッグを開けて、ビニール合羽を取りだす。ひろげ、そしてそのビニールですっかり自分を包みこむ。ほんの小雨なのに、苦にもしないで、いかにもすばやく自分の防御をしている。最後にビニールの帽子をかぶり、車椅子のモーターのスイッチを入れる。うなりを立てて彼女は遠ざかっていく。はてしなくカチカチの塊になって。眼で追えるかぎり彼女の姿を追う。それから自分も帰路につく。ハーベダンクに大至急報告書を書かなければならない。きょうの午後ならできる気がする。それどころか、帰宅することに喜びを感じる。いまのようになかなかいい疲れ方をすれば、自分の人生を疑うのはやめられるのだ。

# 6

朝食後すぐに、布《リネン》のバッグを二つ下げて家を出る。それぞれに三足ずつ試し履きした靴が入っており、さらに左のバッグには、一足につき二頁から二頁半の報告書が計六枚入っている。暖かい、まぶしすぎるほどの夏の朝だ。燕が家の壁に沿って垂直に舞い上がり、屋根の上でついと横へ飛ぶか、そのまままっすぐ青天の高みへ昇っていく。燕の真似ができないなら、せめて立ち止まって彼らの姿を追っていたい。だが約束がある。十時にハーベダンクと会うのだ。エーベルト広場で近郊電車の七号線に乗り、ホレンシュタインまで行く。駅からさほど遠くないところに、靴メーカーのヴァイスフーンがある。営業部でハーベダンクに会い、靴と報告書を引き渡すのだ。ハーベダンクとはおよそ四十五分間喋るだろう。はじめの二十分は私が試し履きした靴について、残りの時間は電動の鉄道模型について。ついでハーベダンクが三足か四足新しい靴を手渡し、私は帰宅する。この流れにはもう何年来なじんでいるが、いつもかすかないらだちに駆られる。私の高慢のせいだ。

こういう外出のときには、ふだん家にいるだけのときよりもこの高慢がはっきり意識される。私はこの高慢を母から受け継いだ。世界は一生涯眼を凝らすに値しない、と母とともに私は思っている。以前はこの思い上がりの影響と闘ったものだが、いまはもうやめた。むろん、ハーベダンクといるときは気を張っていなければならない。私の高慢を感じさせてはならない。ハーベダンクは、電動鉄道模型が私の趣味でもあると信じている。私がいまも、彼みたいに過去モデル、とりわけトリックス社とフライシュマン社モデルについて、専門誌を読んでいると信じている。私が子ども時代から止まったままの知識を再三切り売りしていることに気づかない。私がおざなりに聞いているだけで、ハーベダンクもくだだと中身のない話をしている可能性もある。三週間前、ハーベダンクは休暇の帰途について話すのにほとんど十分費やした。イタリアからドイツまでの全行程のあいだ、頭の中にはガソリンが切れることしかなかったと。だが結局なにごともなく家に着いた。それだけの話だ。私は十分間、彼の机の前で身じろぎもせず、ハーベダンクが、ガソリンは足りたんだよ、きみぃ、想像してくれよ、ガソリンが足りたんだ！　と叫んで話を締めくくったときに、さも嬉しそうに笑ったのだ。私の高慢は、ほとんどつねに謙虚と嫌悪とのぶつかり合いからなっている。一方で謙虚がこう警告する――こういう同朋のくだらない話こそじっと耳を傾けなくちゃいけないんだ！　同時に嫌悪がチクチクあてこする――いま逃げなきゃ、おまえさん、同朋の臭気でそのうちおだぶつだぞ！　腹立たしいことに、このふたつの衝突はけっして結論にいたらない。いつもくり返しに終始する。くり返しをしているうちに、気がつくともうハーベダンクのオフィスが近づいている。準備万端だ、と私は自分に言いきかせ、同時にその思いこみを心で笑う。ハーベダンクと買い付け担当のオッパウ氏の強い主張で、オフィスは禁煙になった。そのため、同じく買い付け担当だが喫煙者のフィッシェディック女史は、建物の外を行ったり来たりしながら煙草を吸っていて、にこりとする。手を上げてこっちに振ってみせる。私がハーベダンクと面談するときには、彼女もオフィスにいたいのだな、とわかる。彼女は煙草をもみ消して、私の少し後から部屋に入ってくる。

ハーベダンクが長い黒い机の前に座り、私を見て立ちあがる。

おお！　わが社の検査名人がおいでだ！　ハーベダンクが大声で言う。

私の高慢が、微妙に笑顔を見せる。やわらかいグレーの絨毯の上を歩く。壁に沿って間接照明が並んでいる。窓のブラインドは閉じられ、やわらかく調光した明かりが部屋をひたしている。左手にオッパウ氏の机、右手にフィッシェディック女史の机、正面がハーベダンク。ハーベダンクが背広の上衣を開ける。掌ほどの大きさの血の染みが、シャツの胸についている。私はハーベダンクをまじまじと見つめ、ハーベダンクは私をまじまじと見つめる。

悪いことに、銃でやられましてね、ハーベダンクが言う。

誰にです？　私は訊ねる。

首になった検査員にです。

ほう、と私は言う。

ハーベダンクさん、ハーベダンクさん、とフィッシェディック女史が声をかける。

こういう血の海を、あなたはお好みですかね？　ハーベダンクが訊ね、回転椅子に身を沈める。

まじめにとらないでくださいな、とフィッシェディック女史が言う。

ハーベダンク部長は、自然な死を遂げるにふさわしい多数の人のひとりですよ、とオッパウ氏が言う。

この最後の言葉が気に入り、私は来客用の席に腰を下ろして、ハーベダンクの机に報告書を置く。

フェルトペンのインクが、ポケットで漏れてしまっただけですよ、ハーベダンクが言う。

私はこのコメントに返事をしない。ハーベダンクが報告書をぱらぱらと見る。私は縁をかがったフル・ブローグの靴とコードバンの靴をバッグから取り出し、今回のうちこの二足がなぜ最上なのかについて、順々に説いていく。ハーベダンクとオッパウ、フィッシェディック女史が耳を傾ける。思いこみとはいえ、靴について語っている自分を聞くのは快感だ。私が靴のことを自分の身体の延長のように話すのは、おそらく偶然ではない。存在許可を出していないのに生きざるを得ない私のような人間は、逃避の理由から外をしょっちゅう歩き回っていて、だから靴にはおおいに重きを置いているのだ。私のいちばんいいところは、靴ですよ——と、言ってもいいのだが頭で思うだけにしておこう。カットに問題があると思われるほかの靴については、あまり言を要さない。内容はいつも同じなのだ——幅が狭すぎて窮屈である、縫い目の位置がよくない、格好良さとひきかえに履き心地が失われている。ハーベダンクは私が話しているあいだ、靴の感触をみている。この間、自分の仕事が重要で意味があるかのような感じがする。一個人の感覚が（ほかの人間の感覚の代表として）これほど重要な役割を果たす仕事を私はほかに知らない。説明が終わると、ハーベダンクが引き出しから小切手帳を取りだす。ヴァイスフーン社は、一所見について二百マルクを支払ってくれる。都合千二百マルクの小切手を、ハーベダンクが机越しに滑らせてよこす。ついでハーベダンクは、後ろから靴を出してきて、新しいのを四足、天板の上に置く。形を見ただけで、どの裁断師の作なのかわかる。私は靴を布《リネン》のバッグに詰める。あと数秒すれば、ハーベダンクがコーヒーを飲もうと誘うだろう。そして私たちは五〇年代の電動鉄道模型についてお喋りするのだ。

残念ながら、わが社は、切り詰めざるを得なくなりましてね、かわりにハーベダンクが言う。

私にはピンと来ない。つぎの言葉を待つ。

つまりですな、今後は、試し履き一回について、つまり靴一足あたり、五十マルクしかお支払いできなくなりました。

そりゃまた極端ですね、私は言う。

状況が変わりました。

そんなに突然に？

そうなんです、とハーベダンクが言う、強力な競争相手ができましてね。ぜいたく品は儲かるってことを、他社も嗅ぎつけたんですな。

ああ、そうですか、と私は言う。

かわりとして、試し履きしていただいた靴は、そのまま自分のものにしてくださって結構です。

オフィスが静まりかえる。ふいに、フィッシェディック女史とオッパウ氏がいつまでも部屋に残っていたわけがわかる。ハーベダンクがどういう物言いをするのか、聞いていたかったのだ、いや、私がこの降給をどう受けとめるか、見物したかった。見物するものなど、なにもないというのに。私はただ、ハーベダンクは暗に仕事を辞退せよと言いたいのだろうか、ということだけを考える。だがそれなら、なんで新しい靴を四足渡してよこしたのか？　おそらくは、私の仕事を今後とも価値あるものとみてはいるのだろう、ただ報酬が前の四分の一になる――品物をもらえるのを別にすれば。だがこんなに新しい靴をもらってどうする？　ため込むか、人にくれてやるしかないではないか。

心苦しいのですが、とハーベダンクが言う、この減額は私が決めたわけではないんです、ただ私がお伝えせねばならんというだけで。

私はうなずく。正確に言えば、本心から驚いているわけではない。心の許可無しに生きている、という感情を持つに至るまでには、過去にこのような状況がすでにいくつもあった。この種の状況は、もう何度も経験してきたのだ。そうした体験のあと幾度となく考え、いままた考えてもおかしくない文をここで反復する気すら起きない。不幸は退屈なものなのだ。私はハーベダンクがコーヒーを飲みに社員食堂に誘うのを待っている。だが今回、誘いはない。心境を慮ってということらしい。ハーベダンクがセロファン紙を握りつぶして、机の上に置く。くしゃくしゃになったものが、ゆっくりほぐれていく。そのカシャカシャという音を聞きたいなと思った刹那、私は立ち上がっていて、ハーベダンクに言う——およそ三週間後には、新しい報告をお届けします。

一分後、私は家にむかう近郊線の電車を待っている。フライドポテトの屋台で、男の障碍者がビールを買っている。男には腕がない。両肩から直接手が生えている。私から四歩の距離にカラスが二羽いて、ゴミの入ったポリ袋をくちばしで開けようとしている。右の肩から生えた手（手の生えた肩というべきか）で男は缶をあごの下に持っていき、歯で開ける。カラスがポリ袋を開ける。オレンジの皮やヨーグルトのカップやピザの紙パックが、あっという間に歩道に散らばる。このおおっぴらな惨状は胸をむかつかせるが、同時に私の恐怖をも表現している。あらゆるものが荒むということはあるだろうか、それともないだろうか。どちらについても賛否両論をいくつでも出せる。ゴミを眺めながら答を出す――あらゆるものが荒むということはある。いつか、生きとし生ける物がすべて、おのれのやりきれなさを告白する日が来るのを、私は待っている。ベビーカーを押した母親が駅の階段口に現れる。子どもは小さな尖った歯で、風船の表面を噛んでいる。歯がゴムの上を滑ると、キュッキュッという、数年前までの私なら耐えられなかった音がする。七号線の電車が音を立ててやって来る。ベビーカーを押した母親は、車両を開けるボタンを私に押させる。歯とゴムの間で起こる摩擦音がいつの間にか気にならなくなったのはなぜなのか、わからない。私はそこにひとつの希望のしるしを見る。いつの間にか自然と消えていく抵抗というものもあるのだ。としたら、私が心のなかに存在許可を持って生きることができる日も近づいているということもあるのかもしれない。さっきの所見を撤回して、新たにこう決める――あらゆるものが荒むということはない。風船が割れたら子どもがショックを受けるだろうと母親に注意したいのだが、勇気がない。冗談っぽく、それでいて戒めになるような注意でないといけないだろう。だが私にはジョークと警告を優雅に結びつけて、同時に自分の不安を隠蔽しておく言葉が見つからない。昨夜寝る前にベッドで、近郊鉄道の回数券があと二枚財布に入っていることを確認した。その二枚目をいま取りだして、改札機に入れる。大きな不幸はなんと注意深い準備のなかに潜んでいるのだろう！ヴァイスフーン社の仕事はあきらめるしかなさそうだ。以前の報酬のわずか四分の一で働くという屈辱は、私のようなこらえ性のいい人間にすら、さすがに強烈にすぎる。ハーベダンクにはもう会わないだろう。彼がよこした四足の靴は、いつものように検査してから、報告書を入れて小包で送り返そう。エーベルト広場で電車を降り、いそいで左に曲がって、グートロイト通りに消えようとする。と、むこうからレギーネがやって来る。私に握手の手を差しだし、頬にキスをする。私よりいくぶん若いだけだ。彼女の若々しさにびっくりする。いまどうしてるの、と訊ねるので、言葉を濁すと、レギーネはたちまち勘づく。

わたしに嘘つかなくていいのよ、レギーネが言う。

そうだね、私が言う。

それでもなにをしてるか、言わないのね？

たったいま、職を失ったところさ。

まあ。

レギーネとは、何年も前、まだふたりともインタビューの記者をしていた時分に、しばらくいっしょに仕事をした。まだ憶えているが、ある日の午後、レギーネがティッシュペーパーについてまず私に一時間あまりインタビューし、つぎに私がレギーネに、プラスチック製のトランクについてインタビューしたことがあった。だがエージェントは長時間インタビューを打ち切って、街頭インタビューに切りかえた。それで私たちはデパートや官庁や学校の前に立って、税制関連の政策についてとか、テレビ雑誌についてとかのインタビューをした。ふたりともこれは気に染まなかった。そうやって、私たちの道は分かれた。

きみのほうは、仕事してるの？　私が訊ねる。

臨終コンパニオンになる講座を受けてるとこ。

へええ、と私は言って、おもわず笑みを漏らす。

まじめな仕事なのよ、レギーネが言う。

そういう講座でどんな勉強をするのか、レギーネに訊いてみたいが、勇気がない。

で、とかわりに訊ねる。うまくやってるの？

こないだ、はじめて九十一歳の女の人の臨終に付き添わせてもらったんだけど、三十分いただけで、その人に追いだされちゃった。

こんどはふたりとも声を上げて笑うが、たがいの顔を見るのは避けている。

その人には、きみが死神みたいに見えたのかもね。

そんなふうに思ったことはなかったな。

死んでいく人ってのは、生きつづけてく人間みんなに腹が立つんだよ。

まるで死んだことがあるみたいな言い方するじゃない。

当然さ、と私は言う、もう何度も死んでるよ、きみは違うの？

私たちは笑う。がレギーネが私のいまの言葉を理解したのかどうかはわからない。彼女は手を差しだして、別れを告げる。

たまには電話してね、去りながら言う。

臨終コンパニオンはいらないよ、と言いたくなるが、最後の瞬間にその言葉をのみこむ。

少ししてから、そういえばレギーネと私はいちどいっしょに死んだじゃないか、と思いつく。私がまずバカンスと長距離旅行について彼女にインタビューし、それから彼女が缶詰とかできあい食品について私にインタビューしたときだった。私たちはそのあとくたくたになって、彼女の家の絨毯の上に寝ころがった。ワインのボトルを半分あけ、たわいもない話をしているうちに、眼が閉じた。目覚めたとき、私たちは服を脱いで交わった。そのあと妙なことが起こったのだ。彼女の口数が少なくなって、悲しげになったことに私はしばらく気づかなかった。レギーネが、胸を見てくれと言った。さっきからずっと見てるよ、と答えたと思う。じゃあしっかりと見てなかったのよ、と彼女は言った。どういうこと？　と私が訊ねた。気がついた？　わたしの乳首、もう立たなくなっちゃった。レギーネは乳首が大きくて長めなのを誇りにしていた。それがエロチックな場面でぴんと立つことが、彼女にとって自身の活力の証だった。そのとき乳首は、曲がっているか倒れているか、乳輪に埋もれているかしていた。私は変化に気づいていたのだが、それが大事だとは思わなかったのだ。レギーネが肉体的な満足を得られなかったということがわかるまでにはだいぶかかった。私はごていねいにもこうつけ加えた——乳首なんてそう気にすることないよ。こう言ったときにまず私たちはともに黙りこみ、そしてカップルとして共死にしたのである。

　アパートに戻って窓を開け、床に寝そべって、テレビのスイッチを入れる。ガラパゴス諸島のアオアシブキッチョ《アオアシカツオドリ》についての番組をやっている。青い足をした大きな白い鳥だ。ガチョウに似ていて、同じ感じでよたよたと不格好に歩く。ガラパゴス諸島は理想の産卵場所です、とナレーターが言う。この鳥は地面に巣を作ります、まわりには魚がたくさんいるきれいな海があります。〈ブキッチョ〉という名前は、飛ぶときに長い助走をして、大きな体を不格好に動かすところからついた。アオアシブキッチョが気に入り、この鳥になりたい、とだしぬけに思う。そうすると私のこともテレビでブキッチョと呼ばれるようになるわけだが、それはどうでもいい。アオアシブキッチョになったら、どっちみち、言葉もその意味もわからなくてすむようになるんだから。みごとな純白の鳥の体が、マーゴットの小さな白い体を思いださせることはあるかもしれない。レギーネと出会ったせいだろうか、にわかに女への欲望を感じる。テレビを消す。シャツのボタンがとれて、ころころと床をころがる。ボタンが倒れて、動かなくなるまで、眼で追う。アパートの壁のむこうから、隣室の子どもたちが、まぬけ、とか、バカ野郎、とか言いあっている声が聞こえてくる。というか、部屋の中であばれまわって、まぬけだのバカ野郎だのの言葉をがなり立てているのだ。リーザを病気にした子どもたちはこんなふうだったのだろう。リーザに電話して、元気かと訊ねてみたいけど、レナーテが受話器を取って彼女と話すことになったらいやだ。まぬけ、まぬけ、という隣室の声を、身じろぎせずに聞く。ハーベダンクが渡してよこした新しい靴のなかに、気の遠くなりそうな値段の手縫いのヤギ本革のローファーがある。すばらしい履き心地だ。午後三時を少しまわった。たぶんマーゴットはもう客もなく、中央の洗面台でスープを食べているだろう。左の洗面台に猫がうずくまって寝ているだろう。私はアパートを出て、マーゴットのところへむかう。こんなに早くまた会うなんて、マーゴットは眼を丸くするにちがいない。私は林檎を囓りながら歩いている日本人の女の背後を歩いていく。林檎は小さく、その小さな日本人の、やっぱり小さな手にぴったりおさまる。それに口ともわからないくらいの小さな口に。しばらくして食べ終わると、女は小さな手で芯を持つ。まて、林檎の種というべきだったかな？　私の記憶に誤りがなければ、子どもの頃は林檎の種という言い方をしたのだが、それから芯というようになった。いや、その逆だったろうか？　林檎の種から林檎の芯へ、いま思えばとくに必要もないのにどうして私は違う言い方をするようになったのだろう？　日本人の女は林檎の芯をティッシュペーパーにくるむ。私は左に曲がらなければならないが、彼女が林檎の芯（種）をどうするか見たくて、街頭にたむろする人間よろしく、しばらく立ち止まって様子をうかがう。異国のものへの驚くべき畏敬の念！　日本人の女は林檎の種（芯）を道路にぽいと捨てたり家の前の庭に投げこんだりする勇気がない。残りを小さなバッグ――林檎芯バッグ、と呼んでもいいと思う――にしまいこむ。マーゴットの家まであとわずかだ。かすかに膝のあたりがつっぱる感じがして、自分が欲情していることがわかる。マーゴットの美容院は、ネオンが三本とも消えている。と不意にドアが開き、マーゴットの店から、ヒンメルスバッハが出てくる。そんなバカな。ヒンメルスバッハは右方向にむかうので、私に気づかない。瞬間的に、いまマーゴットのところに行くわけにはいかない、と悟る。たぶんもう二度と行けないだろう。ヒンメルスバッハが散髪してもらったかどうかは確かめられない。人生の口の堅さに、私はひとしきりむなしく小声で悪態をつく。一ブロック過ぎたところでもう、この口の堅さがなかったら、私なんかとっくに死んでいたかと思いつく。この矛盾をもとに、自分の狂気の織物がちらりと見てとれる。おまえがもしそのうち気が触れるんなら、それはこのたえず開いたり閉じたりしている鋏《はさみ》がおまえをズタズタにしたときだぞ、と思う。ヒンメルスバッハはつばの広い黒っぽいソフト帽をかぶっている。芸術家を気取っているのだ、お笑いではないか！　あろうことか私は妬いている、それも往来で。同時にヒンメルスバッハに心が痛む。この間よりさらに落魄しているように見える。私はあてもなくしばらく後をつけていく。そのうち帽子を脱ぐかもしれない、そしたらわかるのだが。ぜったいに見られてはならない、やつとは喋りたくない。私がやっとマーゴットのことを考えていると気づかれてはならない。ヒンメルスバッハがどこかに腰を掛けて、帽子を脱ぎ、しばらく想いに耽ってくれたりすればいいのだが。だがヒンメルスバッハは休憩もしないし、想いに耽りもしない、そういうのは私の習慣であって、彼の習慣ではないのだ。ズボンはまるで借り物のよう。上衣のポケットに手を突っこんで、ヒマワリの種を取りだしている。一粒ずつ前歯で割り、爪で柔らかい中身を出す。あろうことか私は、マーゴットはときどき体を売って収入の足しにするような女なのだろうか、と考えてしまう。といっても、やっかいごとをつらつら思案する気にはまったくなれない。そういうことはこれまで人生でさんざんやってきて、もうそれには歳を取りすぎていると感じる。私は気を逸らしてくれるものをさがす。せめて河岸をぶらついて、樹を仰ぎ見たり、木洩れ陽を観察したりしたい。だが河岸はいま手近になく、ありきたりの郊外の往来で我慢するしかない。歩き回っているときだけわが人生を耐えられるなんて事態だけは、なんとしても避けたい。ヒンメルスバッハの歩きぶりからは、たったいま交わってきたのかどうかは見て取れない。しばらく自分をふたつの人格に分裂させようと試みる。ひとりの分身はこの日、職と女を両方失って淡々と歩き回る男、もうひとりの分身は、そんなことはどこ吹く風といった夢想家。分裂は成功した、ともかくちょっとのうちは。はやくも菩提樹の花の強い芳香を鼻がとらえる、きっとこのへんに樹があるのだ。すぐ後、駐車中の二台の車の蔭からやぶにらみの犬が顔をのぞかせる。動物にやぶにらみがあるとは知らなかった。犬はひょこひょことかたわらを過ぎていく。やぶにらみの人の眼を直視できないように、この犬の眼も私は直視できない。この犬が気散じを呼び起こしてくれたことで、犬におおいに感謝する。同じ理由から、女性教師のこともありがたいと思う。十数人の生徒といっしょに、市電の停留所に立っている教師だ。ふいにその教師が子どもたちに言う。あなたたち、そんなに場所を取りすぎちゃだめよ。場所を節約するようにお並びなさい！　この言い方でいっぺんに教師への反感がわく。首尾よく腹の底から怒りがこみあげたのは、じつに久しぶりだ。場所を節約するようにお並びなさい、と私はひとりごちる。惨めさはこんな言葉からはじまるのだ。女教師は子どものことを、必要に応じてあっちに置いたりこっちに置いたりできる日傘か折りたたみ椅子なみに扱っている。人間が子どものときから存在許可に否を言ったって、なんの不思議があるだろう。すると、意識の分裂がまたひっこんでいく。撥ねつけていた体験がじわじわと戻ってくる。私の歩みはいまや憂鬱と硬直がへんてこに入りまじったもの以外のなにものでもない。白状するが、マーゴットにもう会えなくなるのは、辛いのだ。彼女をくさしてみるけど、気分はよくならない。可愛いマーゴット、きみはよりにもよって、ヒンメルスバッハでもって僕を傷つけなきゃならなかったの？　十六のとき看護婦や女性秘書や女性美容師について考えた箴言を思い浮かべる――〈バカはセックスがうまい〉。私はその箴言を自分で考えだしたわけではなく、ただ口まねしたにすぎなかった。看護婦や女性秘書や女性美容師についてはもちろん、ほかのいかなる女についても、なにひとつ知らなかった頃だった。自分で作った分身のひとりにこの箴言の記憶を植えつけようとするが、いかんせん、うまくいかない。この箴言を思って嘆息しているのは、私だ、ほかの誰でもない。いますぐマーゴットのもとに駆けつけて、十六歳の自分がいかに言語道断に単純だったかを断言したい。それはさておき、いまのごたごたでヒンメルスバッハをすっかり見失ってしまった。たったいま自分をひたしていた気分は私の人生の一部だろうか、それともそうでないだろうか、と自問する。あまりにも気もそぞろで力もほとんど萎えているので、駐車していた車に右膝をがつんとぶつける。眼の前を横切っていったふたりの子どもが気に障る。ふたりはチョコレートと言わないで、チョコ、と短縮形で言ったのだ。きみたち頼むからちゃんとチョコレートと言ってくれないか、と立ち止まって彼らに指図したりしないといいのだが。こういうのが発狂のはじまりかしらん？　それでも嘆いたり戒めを言ったりはすまい。嘆いたり戒めたりは人類の九五パーセントがやりたがることであるが、私の高慢は、こんなものとは関わりを持ちたくないのだ。わが望みはただ、ひと日《ひ》の悪運をいくらか口に出して、あとは淡々と生きつづけることのみ。いや、これは悪運ではない、ひと日の面妖さ（で私が逃れたいと思っているもの）というものなのだ。せいぜい五、六回会っただけで、ファーストネームしか知らない美容師に恋い焦がれ、落ちぶれた写真家に嫉妬し、自分を養っているわけでもない仕事がなくなったのを憂え、しかもそのぜんぶが一日のうちに起こるなんてことが、どうしてあり得るのだろう。この面妖さに打たれて、帰宅できる気分になれそうにない。木のベンチに腰を掛けて、隣の藪《ゲシュトリュップ》に眼を凝らす。ただじっとしんぼう強くそこにあるということのほかはなにも表現していないその藪が、いたく気に入る。私もこの藪のようでありたい。毎日ここにいて、消えないことによって抵抗し、嘆きもせず、喋りもせず、なにひとつ必要としない、ある意味負け知らずだ。上衣を脱いで、この藪にむかって、高いアーチを描いて放り投げたい気分になる。そうやったら藪のしんぼう強さのおすそわけにあずかるかもしれない。ヤブ《ゲシュトリュップ》という言葉からして、私の胸を打つ。人生という人生のまったき面妖さを表す言葉として、まさに私が長きにわたって求めていたものかもしれない。ヤブは私に気を張らせることなく私の痛みを表現している。私は、ほこりを浴び、鳥の糞が落ちたりこびりついたりしているヤブの絡まった葉に眼を凝らす。子どもに折られたり千切られたりしてもへこたれていない枝の数々や、茂みの根方に散らばっている、ヤブが平然と耐えている痛々しい眺めのゴミに眼を凝らす。ひと日の面妖さをあまりに強く感じた日には、ここへ来てヤブの中に上衣を投げこもう。枝にひっかかった上衣をひとつのしるしとして眺めたいと思う。見誤りようのない光景でありながら、その意味は誰にも見抜けないのだ。私はいつでも来たいときに上衣のそばを通りかかることができる、そして眼を瞠ることだろう——上衣はたえず新しい痛みを吸いこむために、しだいに古びどんどんみすぼらしくなっていくけれども、本当はまさにこのヤブのごとく、負け知らずなのだということに。対する私は、生きのびたわが分身として上衣をほれぼれと眺め、少なくとも一瞬にせよ苦痛から解放されるだろう。まさにその一瞬に私の気が触れている可能性は否定しきれないけれども。たしかなのは、もしも実際に上衣をヤブに投じてしまったら、そのときには気が触れているということだ。現時点ではそこまでいっていない。私は演技のうえの狂気を想像してみるのが好きだ。それがまわりを気にかけずに生きることを助けてくれる気がする。ときには、ほんの数分ぐらいだけど演技の狂気から本物の狂気に移行して、現実との距離がさらに大きくなるのもいい。むろん、本物の狂気に近づきすぎてしまったら、いつでも演技に戻れなければならないけど。人間は、演技の狂気と本物の狂気とを選び分けていいときだけはじめて幸福になれるのだ、ということがそしたらわかるかもしれない。いずれにせよ私がたびたび観察してきたところでは、人間にはもともと精神の病への傾きがあるのだ。自分たちは正常をただ演じているのにすぎないのだと、なぜ多くの人が告白しないのか、私にはふしぎである。たったいまそばを通り過ぎていった家族も、家族ぐるみで狂っている。夫、妻、祖母が、子どもをからかっている。子どもはまだ小さい。ベビーカーに乗っていて、なにもできない。首がすわっていないし、ものもつかめないし、口をちゃんと開けることもできない、呑みこむことができない。子どもがなにかできないことがあるたびに（たったいま口からよだれがたれ落ちた）、夫か妻か祖母がうれしそうにかん高い声を上げる。自分たちの野卑な喜びが子どもにとっては嘲りにほかならないことに気がついていない。落ち着きなく泳いでいる子どもの眼が逃げ場をむなしくさがしていることは、よく見ればわかるはずなのに。狂った家族を観察したことによって、私はふしぎにもまた現実に引き戻される。子どもだけが一ミリまた一ミリとベビーカーの底に体を沈めていく。私は上衣のボタンを閉めて家路につく。狂った家族はきゃっきゃと笑いながら遠ざかっていく。

アパートは無心に静まっている。キッチンに入るけれど、惨めな気持ちにはならない。電話が鳴りだすが、受話器は取らないだろう。上衣を脱ぎ、パンを一きれ切る。とてもまい。眼鏡をはずし、片手で眼をこする。またかけようとして手が滑り、眼鏡が石の床に落ちる。左のレンズの端がちょっと欠ける。眼鏡をかけ、鏡で顔をじっくりと見る。たちまちはっきり悟る、新しい眼鏡を買うことはないだろう、そしてこの小さな欠けがひとつのしるしになるだろう、と。電話機にむかい、ついに受話器を上げる。ズザンネだ。

あなたの書いた手紙を見つけたのよ、ズザンネが大声で言う。あなたが十八年前にあたしに出したやつよ。

十八年前？　抑揚のない声で私は言う。

そう。十八年前の八月に、あなたはあたしのこと、こう呼んでたのよ、〈最愛のズザンネ〉……

だけど、十八年前って、僕らべつにつきあってなかったよね？

うん、とズザンネが言う。いずれにしても、なんにも起きなかったわ。

それで、なにが書いてあるの？　いたたまれない内容？

そんなことない。あなたにとっては、愛はいたたまれないものなのよ、あたしにはそうじゃないけど。

この答に面食らって、私は口をつぐむ。

手紙、読んであげよか？

いや、あとで読ませてもらえばいいよ。

それなら機会はじきにあるわよ、とズザンネが言う、ささやかな夕食会にあなたをお招きしたいの、職場の同僚と友だちも呼ぶんだけど。

僕の知りあいもいるのかな？

ひとりふたりはね。ヒンメルスバッハとか。

うへえ、と私は言う、あの気取り屋か。

そんなこと言っちゃだめよ、ズザンネが笑う。わたしの元同僚も来るわ。いまは高級老人ホームのセールスをしてる女性。ぞっとする仕事でしょうね。

ズザンネはほかの客の名前をあげていく。聞きながら、心が一種硬直していく。十八年前にズザンネとつきあったのだろうか、それとも手紙を書いただけなのだろうか、と考える。思いだせない。

赤ワインがいい？　白ワイン？

赤がいいな。

ズザンネは夕食会の日づけと時間を念押しする。私は両方を新聞のすみにメモする。たしかなのは、十八年前に自分が書いた手紙を読むことはぜったいないだろうということだ。ズザンネが、なんの料理にするかを喋っている。私は耳を傾け、聞こえないようにパンを嚙む。しばらくするとヒンメルスバッハと同じテーブルを囲むことの面妖さを、ライ麦の味がやわらげてくれる。

# 7

さっきから、ズザンネのアパートがなにを思いだささせるのか、考えているところだ。私たちは大きな楕円形のテーブルに着いている。ダマスク織りの白いテーブルクロスが掛かっている。ナプキンもダマスク織りで、ひどく硬くてつるつるなので、はじめは口を拭くのに難儀した。前菜はホウレン草と松の実添えアーティチョークのサラダ、ついでイタヤ貝のグリルとイタリアの生ハム。ズザンネの腕前はすばらしい。私がやや苛立ったのは、彼女が松の実とイタヤ貝の産地と特色について、少々長くうんちくを傾けすぎたときだけだ。左の壁にはミロの版画、右の壁にはマグリットの版画が掛かっていて、どちらも額に入れてある。左正面の壁ぎわに使われていない椅子が三つ並んでいて、小さな絹地のクッションが置いてあるが、これはたぶんときどき手で撫でてみるだけのものだろう。いまわかった——この部屋は半ばランジェリーショップに、あとの半ばは七〇年代のボンボン容器に似ている。リビングボードのガラス戸の後ろにあるのは、人形、陶製の動物、古いカトラリー、みやげもの、パールのネックレスなど。キャンデーや写真や上等のチョコレートやシルクのリボンや宝石箱が並んでいてもおかしくない。半時間前、私はこの部屋を〈スペシャルレストラン・マルゲリータ・メンドーサ〉と名づけて、ズザンネを悦に入らせた。マルゲリータ・メンドーサという名前がなんのことかみんな知らなかったから、ついでズザンネの人生から演劇のエピソードを披露してやった。物語をするうちにいたたまれなくなったのだが、たぶん誰も気づかなかったと思う。ズザンネはあきらかに気に入った様子で、話のあと感謝を込めて私をハグした。いまや彼女は、少なくとも今晩この部屋、この人々の前では、芸術家となったわけだ。ズザンネがきゃしゃな真鍮のワゴンにデザートを載せて入ってくる。マスカルポーネ・クリームチーズ添えベイクド・ピーチだ。ズザンネが私の背後に立って、肩ごしに身をかがめる。薄地のライトグレーの絹のドレスから、彼女の身体のかすかなふるえが私の体に伝わる。履きものはシワ加工をしたヤギの艶革に、ピンクサテンのリボンをあしらったハイヒールのイブニングサンダル。私は彼女の靴についてささやかな講演をすることもできるが、それでは客がみんな唖然とするだろう。話はしないか、あるいは後でするかだ。ズザンネとヒンメルスバッハのほか、知った人はいない。ヒンメルスバッハは私をほとんど無視している。隣席の女性とさかんに話をしている。ツアーの企画をしている人で、いまでは客と同じく自分もすっかりアイディアが枯渇してしまったと冗談交じりの口調でみとめている。この仕事をずっと続ける気はない、とやや大きすぎる声で彼女が二度目に言う。ヒンメルスバッハに眼をやったとたんに、力ない興奮が体を走る。ヒンメルスバッハの髪は最近カットしたようには見えない。だが断定するほどの自信はない。この十五分ほど、ずっとヒンメルスバッハの近くにいるせいで、かるい悪心《おしん》が起こっている。この悪心が、不快だったある休暇の体験を思いださせる。十五年ほど前、当時まだ持っていた車でイタリア・アブルッツォ州のくねくねした山道を下っていったことがあった。下るあいだずっといまみたいに気分が悪く、最後のカーブを曲がるまで、その悪心がいつまで続くのか、いま同様にわからなかった。きょうここへ来る道すがら、意味ありげなことを喋ろうか、喋るまいかと考えてきた。いまは気持ちが高ぶっていると同時にとまどっている。このふたつはいやな感じの組み合わせなのだが、私にはよくあることだ。そうなるとたいてい三つめの、無言の、心の乾燥とでもいう状態に陥ってしまい、そうなると容易には抜けだせなくなる。私の右隣の女性（ズザンネは私の左）、バルクハウゼンさんは、ややくたびれたていで、背中を丸めている。高級老人ホームの顧客係という職業についてはもう何度か喋っていて、話が尽きたのかもしれない。私にお喋りさせて愉しみたいのかもしれないが、心が乾燥してしまった私はまだそこから抜けだせない。ツアー企画をしているドルンザイフさんが、このごろわたしに言い寄ってくる男ときたら、あり得ないようなのばっかり、とこぼす。このコメントは気に入った、あきらかにヒンメルスバッハも念頭に置いているのだ。だがヒンメルスバッハは聞き流して、ドルンザイフさんと喋りつづける。ズザンネが声を立てて笑う。

このごろ不気味になってきちゃった！　ドルンザイフさんが言う。いま私が関わりを持っているのっていったら、お年寄りか病人か、薄汚いのか落ちこぼれだけ！　ぞっとする！

ドルンザイフさんは自分の愚痴を自分で面白がっている。ヒンメルスバッハが自分のグラスに眼を落とす。

あなたはそのうちにですね、と、私はドルンザイフさんに声をかける、そういう嫌な男のひとりを受け入れるようになるんですよ。

とんでもないわ、ドルンザイフさんが言う。

見ててごらんなさい、そのうちあなたは抵抗しなくなります！　ほかの人間から逃げようと思わなくなったとき、人は愛するようになるんですよ、たとえ相手が無茶苦茶な要求をするとわかっていてもね。

ブラボー、ズザンネが声をあげる。

面白くもおかしくもない話だわねえ、ドルンザイフさんが言う。

面白くもおかしくもない恋人同士がいちばん長続きするし、いちばん深い間柄なんです。

あら、まあ……とドルンザイフさん。

愛がどうとかって、なんだっけ、もう一度言ってくれない、ズザンネが言う。

ほかの人間から逃げようと思わなくなったとき、人は愛するようになるんだよ、と私はくり返す。無茶苦茶な状況になるとわかっていてもね。

さっきは要求って言ったわ。

え？

相手が無茶苦茶な要求をするとわかっていても、ってあなたはさっき言ったのよ。

自分でもたいそうなものとは思えない、愛についての私の定義がこれほどズザンネに気に入られるとは思ってもみなかった。ヒンメルスバッハをのぞく全員が私を見つめている。

私の乾燥した心には、酒がひとくち要る。

その言葉の意味、説明していただけるかしら、バルクハウゼンさんが言う。

私は深呼吸し、グラスの酒を飲みほす。

愛のために、自分が愛について以前思っていたことがなにもかも不要になったと気がついたとき、人は愛しているんです。わかりますか？

いいえ、ドルンザイフさんが答える。

あなたが小汚い男とか落ちこぼれとかを嫌って、それでいいと思っていらっしゃるとは私には思えないんですよ。あなたはけっして毛嫌いしたいわけじゃない、少なくとも全員をじゃないし、永久にでもない。あなたは、嫌いにならない誰かをせめてひとりは見つけたいと思っている。そしてもしそのひとりを見つけて、愛することができたら、あなたはあなたの罪も愛することができるんです……

は？　ドルンザイフさんが口をはさむ、なんですって、わけがわからないわ、愛と罪がどうつながるんですの？

あなたが愛するようになったひとりが、あなたが以前毛嫌いしていた人たちの中にいた人だからですよ、不当な毛嫌いをしたことで、あなたは自分に罪を感じていたからです。

ズザンネの職場の同僚で、アウハイマーという弁護士が人差し指を立てて質問する。その罪というのは、法的な意味の罪ですかね、それとも人間のあらゆる罪を指しておられるんですかな、原罪を？

どっちでもかまいません、と私は答える。この罪をどう呼ぼうと勝手ですけど、ともかく私が言う罪とは、人間が罪なく生きていると思っているうちに、知らず知らずにためてしまう罪のことです。

しかし、どうやってそういう罪が生まれるんですかね？　とアウハイマー氏。

人は誰でも、生きている限り、自分といっしょに生きているほかの人間を咎めてしまう。ときには何十年にわたってね。ある日はっと気づくと、自分が裁判官になっている。どんな人もですよ。この気づきによってあきらかになる罪が、個々の罪ある人にとって有益に働くんです、そして私たちはその人々をついに愛することができる。つまり、私たちは罪を愛するわけです。

ズザンネの眼が輝く。自宅リビングのテーブルでこんな会話が交わされることがうれしいのだ。私がこんな話をしているのはもっぱらズザンネのためなのだが、彼女はそのことに気づいているのか。おそらく気づいていないだろう。

しかし、そんな罪を意識している人はほとんどいないんじゃないですかね、とアウハイマー氏が言う。だれでも自分はぜんぜん罪はない、と思ってますから。

そうなんです、それがよくないんですよ、と私は言う。ですから、大学で比較罪悪学を教えるようになるといちばんいいんですけどね。

なにを？　ドルンザイフさんが訊ねる。

比較罪悪学です。

初耳ですな、とアウハイマー氏。

初耳のはずですよ、比較罪悪学なんて存在しませんから。少なくともいまのところは。

ズザンネが立ちあがってキッチンに行く。マスカルポーネ・クリームチーズ添えベイクド・ピーチのおかわりをリビングに運んでくる。

でも、話しだしたら一晩中かかっちゃいますから、やめておきますよ、と私は言う。

いいのよ、もっと話して！　とズザンネ。

ズザンネは私のグラスにワインを注ぎ、座ったままこちらに上体をむける。

比較罪悪学というのは、歴史的に研究するんですか？　とアウハイマー氏が訊ねる。

そうでもあります、と私は答える。私たちはひとり残らず体制の中で生きています。その体制は自分が発明したものではありませんん。私たちはなにもできない、逆に私たちは体制に不信の念を抱くようになります。体制に対して私たちは時が経つにつれてそれぞれの体制の罪を身に帯びてしまったことに気づくからです。というのは、私たちは時が経つにつれファシズムの罪を生みだし、共産主義の体制は共産主義の罪を生みだし、資本主義の体制は資本主義の罪を生みだすんです。

ああ、そうか！　とアウハイマー氏が声を上げる。なるほどおっしゃる意味がやっとわかりました！　人間がシステムを変えると罪が生じる、とこういうわけですね⁉

たいていの人はそこまで気づかないのですがね、と私は意味のない厳密なことを言う。しかしシステムの一般的な罪はじわじわと私たちの中に移行しているんですが、愛と同じですよ！　自分は罪がないと思ってそのシステムの中で生活しているんです。政治体制というのは、どんなものも同じことを言いたがる——苦しみをのぞくということをです。それゆえに、それはじつは政治的な運動ではない、想像的な運動なんですよ、おわかりですか？　なぜなら苦しみを取りのぞこうなんてことは、現実には望み得ないことですからね！

あれ、罪の話はどこいっちゃったんですか？　とアウハイマー氏。

罪が生じるのは、と私は言う、私たちはいま言ったことをほんとはみんなわかっている、ところが苦しみのない人生があるかのように巧みに言い募る人たちにころっと騙されてしまう、だからなんですよ。

なるほど！　とドルンザイフさんが叫ぶ。そういう意味なんですね！

だしぬけに全員が喋りだし、かつてなにかを信じ、そのために罪を負ったという話をしはじめる。ヒンメルスバッハは、母親や父親や教師を信じたと、バルクハウゼンさんは大学や病院や裁判所をかつて信じたことがあったと話し、ドルンザイフさんは若さや男を信じたといって喋る。ズザンネがどんな罪について話すのかと私は固唾をのんだが、ズザンネは喋らない。今晩の感動をもはや彼らと分かつ気持ちにはなれなくて、できればそろそろ客を帰したいと思っているのではないか、という感触だ。ズザンネがキッチンからワインをあらたに二本持ってくる。私が栓を開け、ほかの客のグラスに注ぐ。バルクハウゼンさんとドルンザイフさんは、（私の勘違いでなければ）いま秘密があかされた、と思っただろう。ズザンネの人生には陰に男がいた、とついに判明したのだ。ズザンネと私はこのゲームを続ける。じつはふたりとも、これがゲームなのか、そして／または、あすにはもう自分たちの古い芝居にため息をつくのか、くすくす笑いあうのかさだかでないのだが。バルクハウゼンさんがおずおずと、どんなお仕事に就いておられるんですの、と私に訊ねる。今夜のような晩でも自分の人生が認可されているわけでないことを思いだして、私の気分はちょっと損なわれるが、嫌な気分を抑え、いくらか酔いも手伝って、勢いにまかせて回想術と体験術の研究所を主宰しています、と答える。

まあ！　バルクハウゼンさんが声をあげる、面白いですね！

私はバルクハウゼンさんのグラスにまたなみなみとワインを注ぐ。自分の冗談を後悔したが、彼女はもうつぎの質問を発して、その研究所はどういう人をお客さんにしているんですかと訊ねる。

私どもの所にいらっしゃるのは、と私はためらい気味に、かつ物慣れたふうに答える、自分の人生が、長い長い雨の一日のようで、自分の身体が、そんな日の雨傘のようにしか感じられなくなった人たちですね。

そういう人を助けていらっしゃるのね？　バルクハウゼンさんが訊ねる。

えっと、まあ、助けられればと。

どうやって？　あの、どんなことをなさるんですの？

そういう人たちに、もう一度、自分自身が関わるような体験をするお手伝いをするんですよ、テレビとかバカンスとか高速道路とかスーパーとかと、ぜんぜん関係のないところでですね、おわかりでしょうか？

バルクハウゼンさんは生真面目にこくんとうなずき、ワイングラスの隣の黄色いバラの造花にじっと眼を凝らしている。雲行きがあやしくなってきた。バルクハウゼンさんが、私の言う体験のお手伝いの方法に興味を持って、突っこんだ質問をしてくることは間違いない。私は早々《そうそう》に立ちあがり、なんてことなく部屋を歩き回る。この間にアウハイマー氏が別れを告げる。〈あなたのご炯眼〉（とまさにこう言った）には感服しました、と言って去っていく。あと数分で二十三時だ。私はキッチンのドア近くの壁にもたれる。十八年前に私が書いた手紙をパーティの後で渡すからというので、ズザンネとあらかじめ約束してあったのだ。だが展開は別様になった。キッチンドアのすぐ前でヒンメルスバッハが私に近づき、二分だけちょっと個人的な話がしたいんだがいいか、と訊ねたのだ。私はぶるっとする。ヒンメルスバッハとのあいだに個人的な話などあろうはずはないし、同時に、ヒンメルスバッハのような男は、こういう相手かまわない〈個人的〉な話をじっさいに口の端に乗せるだろうといやな予感がしたからだ。私は彼をかわせない。ヒンメルスバッハは私をクロークに追いつめ、ふさわしいひくい声で言う。折り入って頼みたいことがあるんだ。

私は面食らって、冷たい眼でヒンメルスバッハを見たはずだが、ヒンメルスバッハは怖じるふうもない。むしろその逆で、どうやら私のまなざしが励ましに見えたようだ。

おまえ、前に、《ゲネラールアンツァイガー》紙で記者をしてたよな。

なんだ、と私はため息をつく。そんなの大昔の話だろ。

わかってるよ。

あれは僕がまだ大学生だったときだ！

そうだけどさ、とヒンメルスバッハが言う、だけど、あそこの偉いさんを知ってるじゃないか。

知らないと思うよ。

知ってるね、とヒンメルスバッハは食い下がる。たとえばメッサーシュミットはどうだ。あいつ、まだいるのか！　と私は声をあげる。

なんで？　やつが嫌いなのか？

嫌いってわけじゃない、と私は答える、あまり話の合う相手じゃないってだけだ。やつの、なんでも分類せずにはおれないところ、なんでも平面的にしてしまうところが、好きじゃない。

だけど知り合いなんだよな？

むかし知ってたというだけだよ。

《ゲネラールアンツァイガー》とは、まるっきり切れてるってわけか？

ふいに、ヒンメルスバッハがなにを言いたいのかひらめく。

いいかい、と私は言う、地方新聞ってのは、半人前か、四分の一人前か、八分の一人前ぐらいの才能しかない連中がたむろするところだ。気色の悪い集まりだよ。そういう輩《やから》は、才能がなければないほど、かまびすしく吠えたてる。僕はあそこに顔を出すのは嫌だね、言いたいことがわかるか。

おまえみたいに厳しいことを言ってる余裕は、俺にはないよ、少なくとも毎日はむりだ。ヒンメルスバッハは自嘲するようにみじかく笑う。それでほんの一瞬、昔のように彼のことが好もしく思える。ヒンメルスバッハの人生を軽くするのに三十秒だけ貢献しようと思ったのは、たぶんそのためだろう。

きみは、メッサーシュミットに写真を使ってもらいたいんだな。それで、僕に口を利いてほしいってことか?

そのとおりだ。

どうして自分で問い合わせない?

またぞろ敗北するには、いいかげん歳なんだよ、ヒンメルスバッハが言う。

うまくいかなかったら?

直接言われるわけじゃない、おまえをつうじてだ。クッションがあったら、敗北もたぶん耐えられる。

この説明は気に入る。私はわかったというように口をつぐむ。ヒンメルスバッハに胸を打たれる。やつは(ズザンネと同じく)私が重要な/いわくありげな/偉い人物だと思いこんだらしい。それどころか市への影響力があるほどの人間だと思っている。

わかった、メッサーシュミットに電話してみよう。

ああ、恩にきるよ。

どうなるかはわからないけど。

で、どうしましょ？　これからどうしましょ？　ズザンネが言いながらこちらに近寄ってくる。

俺はオルランドをちょっとのぞくよ、とヒンメルスバッハが言う。

ああ、オルランド、いいわね！

何人かため息をつく者が出たが、ディスコのオルランドはきょうの掉尾を飾るにふさわしい、という意見が大勢を占める。私はズザンネに、オルランドは僕には用のないところだから帰るよ、と耳打ちする。

興ざめな人ねぇ。いっしょに行きましょうよ、ズザンネは言って、私の耳にキスをする。

やめておくよ。いっしょに行ったら、それこそみんなの興をそいでしまう。

バルクハウゼンさんが自分のハンドバッグを捜している。ズザンネが笑い声を立てる。

夜は長いわ、とドルンザイフさんが言う、オルランドの音楽に乗ってこのまま終末に突入よ、ちょうど、ちょうど……ああやだ、言葉が思い浮かばない。

ヒンメルスバッハはズボンのポケットに財布があるのを確かめてから、私に手を差しだす。私はヒンメルスバッハと同時に階段を降りることにならないように注意する。バルクハウゼンさんがもっと話したそうにしていることに気づく。たとえ場所がディスコであれだ。私はズザンネに皿洗いの手伝いを申しでる。バルクハウゼンさんは無視されたことを悟って、姿を消す。二分後、私もいとまを告げる。先に出たというのに、ヒンメルスバッハはまだ二十五メートルほど先を歩いている。ズボンの左ポケットにクルミの実を詰めていて、一個ずつ取りだし、歩きながら囓っている。

四日後の土曜日の朝、私ははじめて蚤の市に店を出す。リーザが地下室に置いていった折り畳みテーブルを組み立てる。天板に薄い白い紙を敷いて、画鋲で止める。そこにずらりと、この前ハーベダンクからもらってきた靴を並べる。一足八十マルクで売る。お笑いぐさの値段だ。たえまなく行き交う蚤の市の客の誰ひとりとして、靴に興味をしめさない。人々の眼は靴ではなく、私に注がれている。もう二時間ばかり立っているけれど、値段をたずねる者すら皆無だ。左隣の男はミリタリー・グッズを商っているが、これもまったく売れていない。男は机の上にポータブルテレビを据えて、テューリンゲン地方についての番組を見ている。右隣の男はミッキーマウスのネクタイをして、安手のブリキのおもちゃを売っている。というか、ミリタリー・グッズの男や私と同じく、まったく売れていない。みんな手持ちぶさただ。空を見上げたり、地面に眼をやったり、テレビを見たり。私の心の中で強いほうはどっちだろう、虚無感だろうか、無意味感だろうか、と私はくり返し自問する。その問いに答えが出ない。それでしばらくしてつぎの問いに移る。最初に私を襲うのはどっちだろう、狂気だろうか、死だろうか。死という言葉が浮上しただけで恐れをなして、そそくさと問いを引っこめる。じゃあ、あとはなにを考えよう?　高級靴の商いをするというこの試みが、おそらく、いわゆる普通の生活をみつけるラストチャンスだろう、という気がする。往き交う人々を眺めながら、私は彼らと同じだ、と自分に言いきかせる。彼らとの共通点を数え上げる。しばらくは至極うまくいく。だがそれから、自分が挙げているのは自分が挙げたいものだけだし、個々が全体としてひとつにまとまらない、と気がつく。このさき生きていっても、まとまることはないだろう。だからして私は、本日のお昼前も、やはり全体を認めるわけにはいかない。きょう蚤の市の商人になろうとしているという面妖な事実をそれ以外の自分の人生にどう組み入れたらいいかすら、わからないのだ。私は手紙のことを考える。十八年前にズザンネに書いて、数日前に再読したあれだ。それは若さの夢想というやつの見るにしのびないドキュメントで、出だしは意気軒昂、しまいに一転、腰砕けになっていた。さらに不快なのは、この戯れの恋のことを自分がさっぱり憶えていないことで、ズザンネが気を悪くしなかったことがありがたい。こんどこそふたりが近づきあうのは確かだろう。ただ自分でもはっきりしないのが、ズザンネが私のアパートを訪れたとき、私が彼女に落ち葉の部屋の意味を開陳するかどうかだ。落ち葉の部屋という発想をわかってもらおうと頑張る必要がないことはまちがいない。ただ間の抜けたことに、落ち葉に対する私の関心はこのところとみに低下している。部屋の空気が乾燥していて、落ち葉はかさかさになり、壊れやすくなった。きのうはじめて何枚かを手に取ってみた。縁から砕けかけていた。足の甲を立てて部屋を歩き回り、靴の前に葉っぱを溜めていくのはもうやらなかった。もうアパートに落ち葉を運びこむこともないだろう。落ち葉の部屋も序の口だけでまた解消になるのだ。蚤の市の屋台の背後にある小さな斜面をのぞきこむ。この斜面は一種のゴミ捨て場だ。商い手たちが不要になった物をなんでもかんでも投げこむ。ビニールカバー、見取り図、ブリキのバケツ、ビールの空き缶、ダンボール、服、工事の瓦礫、がらくた。ガラクタ《ゲレル》という語が気に入る。人生の面妖さを表すには、ヤブ《ゲシュトリュップ》という語にも劣らない。それどころか、人生が埃にまみれているさまは、ヤブよりもよく表現できているから、ガラクタのほうがやや上を行くもしれない。もう、なにで気を紛らわせたらいいのかわからない。左隣のミリタリー・グッズの男は、ポータブルテレビでニュースを見ている。政治家がインタビューを受けている。いつものごとく政治家のまわりをもったいつけたふうの人物が二、三取り巻いて、深刻ぶった顔でカメラをのぞきこんでいる。背景のこういう人物になることぐらいなら、できるかもしれない。政治家がテレビに出るときに私が駆けつけて、背景をつとめる。顔つきは申し分なく深刻だから、案件を強調するにはうってつけだ。仕事がじゃんじゃんきて、金もどかどか儲かるだろう。テレビのバックグラウンドマン、これが夢の職業でもいいぞ。こんどこそ黙ったままでよくて、しかも金を稼げるというわけ。といったことを自分を愉しませるためだけに想像していたのだが、つい、テレビ局に電話してこのサービスを提供しようかしら、と考えてしまう。さいわいこのささやかな妄想は、地面に落ちた毛糸の手袋のおかげで破られる。さっきまで斜め前方にある巨大なバーゲンテーブルの上に載っていたのだが、誰かがテーブルの端をさわって、手袋を奈落の底に落としたのだ。いま手袋は、砂の中に横たわっていて、私の心の中で、あらゆる時代、あらゆる蚤の市を越えて生きのびるしぶとさのしるしとなる。もうじき昼だ。一足も売れない。死人になった気がする。眼の前を過ぎていく人波からは、彼らがなによりこう考えていることが読みとれる――靴を売ろうだなんて、この男の人生になにがあったんだろうねえ？　鉄柵に掛けておいた上衣をつらつら見るが、なにも浮かばない。もう家に帰った方がよさそうだけど、そうするとまた挫折感と闘わなければならなくなる。やっとのことで、若者に関心をふりむけることに成功する。若者は自分の若さを五つの点において表すことを強いられている。⑴そわそわと体を動かすことで、⑵手にする品物（コーラ、ポップコーン、漫画、ＣＤ）で、⑶服装で、⑷耳に詰め物をし首にワイヤをぶらさげることで表現される音楽で、⑸スラングで。こんどズザンネに会ったら、このハイパーリアリティについて話してやろう。ズザンネはきっと大笑いして、そして私たちは、おたがいにもう若くないことを喜ぶだろう。四十から四十五といった年格好のもの静かな感じの男がテーブルに近寄ってきて、靴を眺める。左端の靴を手に取り、両手を中に滑りこませ、先端とかかとを折り曲げて、靴底を伸ばしている。すこし説明しようかと思ったが、あきらかに靴に通じている男だ、説明は邪魔なだけだろう。男は左脚を曲げて、自分の靴に合わせて大きさを較べる。わたしの靴とおなじ大きさだ。それからすぐ財布を出して、いま見せてもらった靴三足を買いたい、と告げる。私は値段を告げ、二つのポリ袋に靴を入れる。数秒後、男はきっちりお札四枚、二百四十マルクを私の手に握らせる。そして軽くうなずいて、去っていく。この瞠目すべき販売の成功のあと、私がさっさと店を畳んで帰宅するだろうことは言うまでもない。ただ、いましばし、喜びのわきあがるこの内心の熱い想いにひたっていたい。金をしまい、背後の鉄柵にもたれる。下のゴミを見つめ、工事の瓦礫やガラクタがどうしてこんなところにあるんだろうとふしぎに思う。妙なのは、たまたまいるだけのこの場所をすでに自分の居場所のように感じはじめていることだ。心が熱いのは、蚤の市商人としての成功などをまたぞろ夢想しているからでないといいのだが。モルタルの瓦礫のそばにいるとたちまち安心感が生まれるのは、たぶん終戦後の時代のなごりなのだろう。私は子どもだった。戦後の瓦礫の原を歩き回って、廃墟をのぞいては、ここにいていいですか、と訊ねまわった。戦争は終わったばかりだったが、破壊の光景を見れば、また新たに戦争が勃発して、ほこり臭い壕に押しこまれるのは間違いないと思った。そうだ、このまま家に帰ったりはしないぞ。カフェ・ロザリアに寄っていこう、もう長いこと行っていない。この日の成果にふさわしい昼食をとって、もっと喜びにひたるのだ。四、五回手を動かしただけでテーブルは折り畳まれ、売れ残った靴が二枚のポリ袋に姿を消す。カフェ・ロザリアには、以前リーザとよく行った。まだあるといいが。ちゃんとしたカフェではなく、大きめのパン屋にすぎず、しかもいまではすっかり時代おくれの店になってしまった。食事ができる小さなスペースが二つついていて、売り場から狭い廊下づたいに入っていける。カフェ・ロザリアへの途中、裁縫用品店の前を通りかかると、ショウウインドウにすばらしい特価品が飾ってある。箱の中に無数に入っている黒と白の縫い糸、ひとつ一マルク。まさしく比類ない眺めだ！　リーザがここにいたら、店に入って白と黒の縫い糸をひとつずつ買い求め、家の棚に並べて置いて、生き物を見るみたいに、おりにふれてうっとりと見上げることだろうに。ありがたい、ロザリアはまだあった！　コート掛けがあいかわらずひとつしかなく、しかも小さいことも変わらない。ということは、ほとんどの客は上衣やコートや手提げやバッグを自分の席のそばに丸めるか積むかして置くしかないということ。この面妖な、たいがい黒っぽい丸まった塊は、なにかに包まれた小さな生き物のように見え、一瞬ここが動物のためのカフェなのかと思わせる。客入りはいい。中庭に近い奥の壁ぎわが空いているだけだ。私の左側のテーブルに、中年の女ふたりと九つぐらいの男の子が、右側のテーブルには中年の夫婦が席に着いている。私は荷物を壁にもたせかけ、定食の一番を注文する。サーモンにライスとほうれん草添え。テーブルクロスは、三箇所ていねいに穴かがりがしてある。おそらく店にはけっして顔を出さない、余りもの的存在の隠居のおばあさんの仕事だろう。男の子はガラス鉢に入った牛乳がけのブルーベリーを、スプーンですくって食べている。実を潰していくので、牛乳がだんだん青く染まっていく。ミルクブルー、そんな名前の色はあったっけ？　ないかもしれないが、その色は私の席まで輝きを放っている。男の子の隣の女が、フルーツケーキのイチゴの大きさに文句を言う。男の子がその女を叱る、イチゴぐらいケチつけないでよ、と。右手の年配夫婦の夫も、やっぱり叱られている。隣の妻が言うのだ、そんなこわれた腕時計をいつもいつも見るの、やめてちょうだい。男の子はブルーベリーを食べ終わり、上体を前にかがめる。おまえったら、髪の毛をテーブルに落とすつもり？　とさっき男の子に文句を言われた女が言う。誰からも苦情を言われないわが身は幸せだ、とつくづく思う。男の子がテーブルの下にもぐりこむ。仰向けになって、下からテーブルを見上げている。おまえったら、新品のシャツで床そうじをする気？　ともうひとりの女がテーブルの下にむかって声を荒げる。この世界に生きることの耐えがたさはとうに証明不要だとはいえ、ここにまた一例が加わったわけだ。せめてものこと、サーモンは絶品だ。ほうれん草も。私はテーブルの下の男の子に眼で合図を送ろうとするが、うまくいかない。女たちは私と男の子の連帯に気づいて、これを問題あり、ないしは不適切とみなす。男の子に出ていらっしゃいと命じる。いま、男の子はふたりの女のあいだでおとなしく座っている。ふたりは、子どもを堕落させる輩をたったいま発見して、間一髪で害を防いだというような眼で私を見る。私もついになにを求めるでもなく、たえずお叱りを受けつづける世界をただじっと眺める。

# 8

電話口のメッサーシュミットはうちとけた口調だった。あたたかいと言っていいほどだった。何年も前から私の電話を待っていたような口をきいた。しかもひどく饒舌で、おかげで私はほとんど口を挟めなかったが、むろんそれに不服があるわけではない。メッサーシュミットは学生時代の話をしたが、いろんな細かいことをいちいちはっきりと記憶しているので、私は驚いた。あまり喋らずにすんだので、私は自分の学生時代が彼よりもずっと不愉快な思い出であることをうまく伏せておくことができた。要件を言いだせたのは、十分ほどしてからだった。その前に二度、とにかく編集部にいっぺん遊びに来いよ、と言われた。私には《ゲネラールアンツァイガー》を訪れたいという気持ちはなかった。会うならどこかのカフェのほうがよほどいいが、断定口調でまくしたてられるので、太刀打ちできない。最後にようやく、電話したのは自分のことではないのだと告げることができた。

えっそうか？　いったいなんだ？

それが……その、カメラマンのヒンメルスバッハのことなんだが。

なんだ、やつかよ。

どうかしたか？

ヒンメルスバッハってのは、悲運な人間なんだろうな。いや、ちがう、悲運じゃない、やつは無能だよ。

だけど、前は《ゲネラールアンツァイガー》で仕事してたんだろ？

〈しようとした〉んだ、とメッサーシュミットは言った。だけど実際にはまったくしてないね。最初は寝坊してアポをすっぽかした。そのつぎは、持ってきた写真がひどかった。ひどいなんてもんじゃない、《ゲネラールアンツァイガー》にすら載せられない、目も当てられんやつだった！　メッサーシュミットは声を高めて、ちょっと笑った。三回目はカメラが壊れた。四回目には主催者と揉めたとかどうとか。とにかく、ヒンメルスバッハは一度として使い物にならなかったよ。

ああ……そうだったのか、と私は言って、黙りこんだ。というか、口利きの結果をヒンメルスバッハにどうやって伝えよう、とはやくも頭をよぎった。いや、より正確に言うなら、ヒンメルスバッハがこのことを隠していたことに気分を害していた。いや、さらに正確に言うなら、ヒンメルスバッハはむろんこんなことを私に打ち明けるなどできるはずはないなと、納得していた。

いつまでもヒンメルスバッハのことなんか喋ってないでさ！　とメッサーシュミットが言った。昼すぎにコーヒーでも飲みに来ないか、あさってはどうだ、木曜日だが、俺はヒマしてるぞ、ぜひともおまえに会いたいよ。

その木曜日がきょうで、《ゲネラールアンツァイガー》にむかっている。メッサーシュミットがどんな風貌になったか、いくらか好奇心すらある。毎日顔を合わせていた頃は、ふたりとも若かった。そしてはっきり憶えているが、私はメッサーシュミットに閉口していた。メッサーシュミットはドイツ共産党地域委員会のリーダーだった。つまりビラを作り、刷り、大企業の工場の入り口ゲートで撒き、労働者にむかってアジ演説をしたのだ。毛沢東が死んだときには、市内で自発的デモを組織した。若者の小集団で、率いるメッサーシュミットは左手にメガフォンを持ち、右手に果物の木箱をぶらさげていた。そしてところどころで木箱の上に乗り、メガフォンを口にあてて演説した。深い哀悼の意とともに、中央委員会は諸君にお知らせする、同志毛沢東が、昨夜、八十二歳で逝去した。その言い方はみごとに自然で、まるで聴衆がみんな中国人か、いまここで中国人になったみたいだった。耳を疑うような彼のセリフがいまも耳に焼きついている――我々は、偉大なる主席の死への哀悼をエネルギーに変えていくであろう、と。どうやって変えるのか、その技法を教えてくれないかと真剣に頼もうかと思ったものだったが、ともかくこういった表現が原因で、彼と私はしだいに疎遠になっていったのだった。それから何年かしてメッサーシュミットは《ゲネラールアンツァイガー》紙の編集部員として再び浮上し、私は彼に乞われてフリーの記者になった。私の記憶が彼に劣らずはっきりしていることをもしもメッサーシュミットが知っていたら、きょう私を誘うことはなかっただろう。むろんきょうの私は、彼が思いだしたそうなことだけを思いださせるつもりでいる。《ゲネラールアンツァイガー》紙の小さな社屋は、大きな二つのデパートの倉庫の裏手にある。猫が何匹か、空のダンボール箱のあいだをうろついて餌を探している。ひとしきり眺める。猫が気に入った。玄関先で足がもつれ、また家に帰りたくなる。ちょうどそのとき、社屋から身なりのいい男が出てくる。《ゲネラールアンツァイガー》を棒みたいにくるくる巻いて、手で右の腿《もも》に打ちつけながら歩いてくる。このしぐさが私にある影響を及ぼす。面妖なことに、この刹那、もう戻れないとわかったのだ。私の心がつけていた留保はとうに消耗して、古びてしまったのかもしれない、と一瞬、脳裏をかすめる。するとたちまち、感受性が損なわれるということはあるのか、ないのかと気になりだす。もしあるなら、損なわれた感受性は、そもそもが損なわれた感受性の産物なのだろうか、また感受性はいかなるプロセスを経て損なわれた感受性へと変化するのだろうか。たぶんメッサーシュミットならわかるだろう、と私は思って、この侮蔑をひそかに愉しむ。数秒後、私は社屋の表玄関に踏み入っている。広告部がいまも玄関の左手にあるのがわかって、不安の一端がおさまる。

編集部も昔どおり二階だ。階段のとちゅうで文芸欄担当のシュマールカルデに出くわすが、相手は気づかない。十九年前、シュマールカルデは一年間にわたって家の郵便受けに入っていた宛先人のないビラを一枚残らず集めた。それを材料に〈コミュニケーション批評入門〉を出すと言っていたのだが、結局出版に至らなかった。いまシュマールカルデは、出版されなかった本といったていで、下をむいて私とすれ違う。メッサーシュミットの部屋のドアを開けると、小型の懐中ナイフで桃を切り分けているところだ。メッサーシュミットがナイフを置いて、私のほうに歩みよる。恰幅がよくなり、たったいま嘔吐したといった感じで、できたばかりの赤い斑点が顔に浮いている。

おお、おまえ、黄色い靴履いてるじゃないか！　とメッサーシュミットが大声をあげる。知ってるか、いつも黄色い靴を履いてたのが誰か？　ヒトラーとトロツキーだぜ。独裁者は黄色い靴を履くんだ、なぁおい！

このコメントを聞き流して、腰を掛ける。メッサーシュミットは私のまわりをぐるりと一周してから、コーヒーメーカーのスイッチを入れる。

元気か？　どうしてる？　私たちはたがいに訊ねあう。私は口を濁して、なんとかやってるよ、とだけ答えておく。

そうかそうか、とメッサーシュミット。

それで、きみは？　満足してるか？

俺は文句なしだよ、とメッサーシュミットが言う。こんなに快調だなんて、信じられないね。自分でも自分の人生が夢みたいだ。

コーヒーメーカーがコポコポと音を立て、黒いコーヒーがガラスポットに滴っていく。メッサーシュミットはひどく手狭な流しでカップをふたつ洗い、ふきんで拭く。

知ってたよな、俺の人生にとって、とてつもない障害になってたのが親だったってこと。たしか話したよな?

きみの父上は、パンツを履き古すと、それをまず塵払いにして、そのあと靴磨きに使えって母上に命令するような人だったんだろ?

驚いたな! たいした記憶力だ! まったくそのとおりだよ! 若い頃の俺は、どこでもいい、どうやってもいい、とにかく脱出したい、って、ただそればっかりだった。そういう気持ちが消えたのが、考えてもみろ、やっとこの数年だよ。脱出できたってことに、自分でもとまどうくらいだ。俺はすっかり引き籠もって生きてる。救われた身だからな、雑音はもういやなんだよ。四六時中大口ばかり叩いているような連中はおっかないからさ、文化と名の付くものも、もうごめんだね。俺に必要なのは静けさだ。そしてその静けさが見つかったんだ、この、《ゲネラールアンツァイガー》でさ。

メッサーシュミットはコーヒーを注いで、低い声で笑う。またぞろむかしの告白癖がはじまった。メッサーシュミットの喋り方はちっとも変わらない。

それで、おまえは！　声を大きくする。

うん、それで、僕は、と私はいささか間の抜けた返事をする。

俺は忘れたことないよ、おまえが十八年ほど前、《カサブランカ》の映画を分析したことをさ、憶えてるか？

私はかぶりを振る。

おまえはこう言ったんだ、とメッサーシュミットが言う。この映画がインパクトがあるのは、主人公がのちのちまで大きな影響を及ぼすような重大な決断をつぎからつぎへとするからだ、ってな。人に別れを告げ、国を去り、身分を変え、女を替え、政治的信条を変える。ところが映画を観に来ている人間なんてのは、ふつう、のちになんの影響も出ない小さな決断しかしない。新しいテレビを買おうか買うまいかとか、コートを新調しなきゃいけないかしらとか、せいぜいそんなもんだ。言葉を変えると、とメッサーシュミットは言う、映画館で映画を観てる人間の人生は、もうあらかじめ決まってるも同然なんだ。

僕がそう言ったのか？

言ったんだよ、とメッサーシュミット。どこで言ったかも憶えてるぞ、アーデナウアー広場のピザ屋だよ、もうないけどさ、憶えてるか？

私はメッサーシュミットの顔をのぞき込むが、記憶は蘇らない。

《カサブランカ》の嘘はつぎの点にある、とおまえは言ったんだ、とメッサーシュミットが言う。《カサブランカ》は、人生における現実の決断の世界と、観客の無決断の世界をごっちゃにしてしまう、それで映画館の観客は、自分まで一か八かの状況を生きてるみたいな錯覚を起こす。

僕がそう言ったのか？

一言一句たがわずそう言ったね。そしてつけ加えたぜ、厳密に言えば映画がまやかしなんじゃない、観客の受けとめ方がまやかしなんだ、しかし、それゆえにこそ、やっぱりこの映画はまやかしである、なぜかといえば、観客にそういう虚偽を信じこませるからだ、ってね。

当時としちゃ、悪くない意見だ、と私は言う。

いまは評価がちがうのか？

いや、そんなことはない。いまならもうひと言つけ加えるね、この映画は、批評家にも錯覚を起こさせる映画だ、ってね。

私たちは声をそろえて笑う。

やっぱりな！　メッサーシュミットは大声を出す。コーヒーのおかわりは？

いや、もういい。

私は空になったカップの上に手をかざす。メッサーシュミットが私に過去を思いださせるときの得意げな口調にとまどいを感じる。この後もっととまどわされるかもしれない、と予感がする。メッサーシュミットはさっき脇にのけた桃をまた手に取って、小さく切り分けている。引き出しからケーキフォークを出し、切った桃に突きさして、口に運ぶ。私にもケーキフォークをよこして、いっしょに食べろと言うのではないか。

また俺の下で仕事してくれないか？　メッサーシュミットが言う。おれたち昔うまくやってたろ？　いまなにをしてるか知らんが、もしその気があるんなら、いま言ったみたいに……。

いまでもやれるか、自信がないよ、と私は言うが、そう言ったのは、メッサーシュミットの申し出を言下に断りたくなかったからにすぎない。

うん？　その謙遜はなんだ、演技かよ？

メッサーシュミットが私の謙遜について思案するのかと思うと、私の高慢がうずく。いずれにしても彼は気づいていないのだ、私という人間は、この人生のいついかなる時期においてもなにかを隠していられるときだけ安心できるのだ、ということを。たぶんこの背後には、〈他者が度を超して接近したときにのみ自己同一性が更新される〉といういまだに私が感嘆するメカニズムが働いているのだろう。物思いに傾くこの性分が、メッサーシュミットとの関係を絶つ方向にいく可能性はある。はやくも私は押し黙り、机の端、つづいて桃の残りにじっと眼を凝らす。メッサーシュミットのほうは、どうやら私の沈黙を、前向きに考えはじめたしるしと受けとったようだ。

うん、考えてもらえばいいよ、決めたら電話一本してもらえばいい。

それで、ヒンメルスバッハのほうは、これで終わりか？

おまえに迷惑がかからないといいんだが、俺はやつの面は二度と見たくない。

そうか、わかった、と私は言う。

帰路にはもう、メッサーシュミットの申し出を断ろうという気持ちがぐらつきだす。《ゲネラールアンツァイガー》で稼ぐことができる（かもしれない）金は切実にほしいが、ただこのときに考えるのは、自分ではなく、ズザンネのことだ。ズザンネは新聞界を過大評価して、私のそばにいたらついに自分が偉人になったような気になるだろう。後ろから、不快なほど声の大きい会社員が三人ほどやって来る。私はビルの玄関にちょっと身を寄せて、彼らをやり過ごす。いま前を行くのは、左脚が右脚よりもこころもちみじかい男だ。歩くたびに左半身がわずかに沈んで、そのためにひょこひょこ歩きになる。この歩行がいまこの瞬間には自分にぴったりだ、と思い、ひとしきり男のあゆみを真似る。橋の少し手前でアヌーシュカにでくわす。十三年前しばらく言い寄ったのだが、私を撥ねつけた女性だ――わたしはあなたには骨がごつごつしすぎてるでしょ、と言って。アヌーシュカはわずかな動き（顔を傾け、拒絶するようにすべした左頬を見せる）によって、足を停められたくない、話しかけられたくない、と伝えてよこす。私はその頼みを了解して、言われるとおりにする。かるくうなずいてアヌーシュカとすれ違いながら、心の中であのときの言葉を反芻する——わたしはあなたには骨がごつごつしすぎてるでしょ。アヌーシュカについて残った最後のものがひとつの言葉だというのは、なんと面妖なのだろう。この面妖さについてアヌーシュカと語りあいたいが、とはいえ、彼女のほうは当時自分が言ったことなどすっかり忘れているか、そもそも記憶さえしていないだろうし、それに私のほうも、人生の面妖さを表現するには、上衣をヤブ《ゲシュトリュップ》かガラクタ《ゲレル》に投げるしかないことをとうに承知している。ひょこひょこ歩きの男がズボンのポケットから飴をとりだし、包み紙をむいて、口に入れる。小さな包み紙が街路をすべっていき、私がかたわらを通ると、コンクリートの上でやさしくかさかさと鳴る。立ち止まって、包み紙のかさかさいう音をもう数秒聞いていたい。アヌーシュカの最後の言葉の面妖さが飴の包み紙のかさかさになって消えていった刹那、私は人生のまったき面妖さをカサカサ《ゲレッシェル》と名づけたくなる。できることなら、風に吹かれてあっちへこっちへ動く包み紙のそばに身をかがめていたい。だがひょこひょこ歩きの男のあともいましばしついていきたい。面妖さを表す新しい語を見つけたのは彼のおかげだから、感謝の念を抱くほどだ。メッサーシュミットの申し出を受けることを、ためしに想像する。いっぺんに、地方の威張り屋たちの大群に取り巻かれることだろう、来る日も来る日も。たちまちかすかな憂鬱が飛び寄ってきて、私はその憂鬱を抱いたまま、橋を渡る。同じぐらい小さな痛みが私の中でおどけ回って、こう言う——自分の得になることを考えて、申し出を受けろよ。痛みは片付けることができるが、憂鬱のほうは手強い。私の前を跳ね飛びながら、しきりにちょっかいをかけてくる。憂鬱をうまく笑い飛ばしたくて、ゲルトルートという名前をつける。ゲルトルート・憂鬱よ、あっちへ行っておくれ。相手はたちまち自己紹介する——こんにちは、わたし、ゲルトルート・憂鬱です。ちょっとご気分を引き下げたいんですけど、よろしいかしら？　あっち行け、と私はくり返す。ゲルトルート・憂鬱は消えない。それどころか私をつかむ。彼女の闇のあたたかさを感じる。私を捕まえたつもりでいるのだろう。彼女は私を橋の欄干に押しつける。私は暗い水面を見おろす。人生に別れを告げてはいかが？　取るに足らないやつだって証明されているんですもの。この質問はすでにおなじみだ、これを訊かれると、言葉を失う。聞き分けのない子どもに対するように、ゲルトルートは説く。だがいくらか怒気も交じっている。彼女の求めに私がまたしても完全には応じないからだ。私は橋の上で、三十秒ほどゲルトルート・憂鬱と格闘する。そして私ではなく、彼女の力が萎えていったことに気づく。ひょこひょこ歩きの男は、ゲルトルートと闘っているうちにあいにく見失ってしまった。ガラス工場の配達トラックがゆっくり通り過ぎていく。荷台にショウウインドウのガラスが二枚、紐でくくって載せてある。私の代わりに、二枚のガラスが砕け散って道路に散らばればいい、いますぐに、と思う。だがそう思ってから、こんな激しい願いは必要なかったと思う。ゲルトルート・憂鬱は打ち負かされたのだ、少なくともいまは。ほかの追いはぎに捕まらなければ、これでじき家に帰り着くだろう。だが喜ぶのは早すぎた。橋の反対側で、歩行者の群れからバルクハウゼンさんが出てきて、つかつかと近づいてくる。小さな冷たい手を差しだして、私をまじまじと見る。

もうすぐ週末なのに、と彼女が言う、なにをしたらいいか、さっぱりわからないんです。

私はたったいまゲルトルート・憂鬱を討ち取ったところで、それで少々弱っているし、それに週末なんてものは自分のだろうが他人のだろうが、とっくにどうでもよくなっている、とはいかんせん、伝える勇気が出ない。

私はただ咳払いする。

なにができるかしらって、考えてみたんだけど、とバルクハウゼンさんが言う。でもなんにも出てこないの。それで窓から外を見ますでしょう、ところがなにも見えない、見えるとしたって、昨日も一昨日も見たものばかりなのよ。ご助言いただけないでしょうか？

私が？　と私は言う。

回想の術とか、人生の喜びの術とかの、研究所をやっていらっしゃるんでしょ。一日講座もあるんですよね、ご自分でおっしゃったじゃありませんか。わたし、その講座に関心があります。あなたにならきっと助けていただけると思うんです。

私はバルクハウゼンさんをまじまじと、たぶん長すぎるぐらい長く見つめる。同情がわいてくる。胸も熱くなる。目下自分にはなにもできないことはわかっているが、しかしすでに義務感が生じている。なんにせよ、バルクハウゼンさんは、苦悩という秘密の一端を私に明かしたのだ。この告白にはあらがえない。

それじゃあ、一度お電話ください、と私は言う、金曜の午後あたり、いかがです？

うれしいわ！　ありがとうございます！

バルクハウゼンさんは何度もこっくりうなずき、私が電話番号を言うと、マッチケースにメモをする。

ありがとうございます、ほんとうにありがとうございます。そう言って去っていく。

後ろ姿を見送る。彼女はふり返らない。トルコ人の男から身をよける。その男は頭をスカーフで覆った妻といっしょで、大きな箱からちょうどハンガーを何本も取りだしたところだ。ややあってふたりは上半身にハンガーを押しつけながら、私のかたわらを通り過ぎる。私はかすかな感謝の念を込めて、夫婦を見やる。この眺めが、いままた自分は、自分の複雑さのずっと下にある現実の圏域に戻ったという感触を強めてくれる。バルクハウゼンさんのことを忘れたのは、たぶんそのせいだろう。五分後に家に着く。このところアパートのドアを開けるたびに、しきりに母親を思いだすようになった。子どものとき、母が帰宅すると、私は家の奥から飛びだしてむしゃぶりついたものだった。すると母はため息をついて、ちょっと、まず私にただいまをさせてちょうだいよ！　と言った。それで私は、母が同じように喜ばないのを見て、少々気分を害したのだった。いまアパートの玄関に入って、あのころの母と同じセリフを小声で言ってみる――ちょっと、まず私にただいまをさせてちょうだいよ！　そしてむくれた子どもの私がそのへんにいるのではないかと、きょろきょろする。わずかな刹那、私は母であり、同時にその子になる。それから、帰宅する人間は帰宅する人間以上の何者でもない、と思う。キッチンの窓を開けずにはいられないのが妙だ。テーブルの上に、きのう捨てようと思ったパンがそのままになっている。ゆっくり嚙むうちに、八歳の子どものようにいくらかむくれ、同時に四十八歳の母のようにいくらか苛立っている。それからじきに妙にちゃんとしようという気分になる。私は窓を閉めて電話機にむかう。メッサーシュミットを呼びだし、申し出を受けると伝える。

# 9

問題は、レストランをほとんど知らないことだ。感じのいいレストランも感じの悪いレストランも、高いレストランも安いレストランも、ドイツ料理のレストランも他国料理のレストランも、どれも知らない。リーザとの歳月、レストランに行くのは私たちの習慣ではなかった。それがいまは、雰囲気がよく、味がよく、かつまた値段の高すぎないレストランを探さなければならない／探させられている。ズザンネが昼すぎに電話してきて、今晩迎えに来てほしい、いっしょに食事に行きたい、と告げたのだ。私はむろん、レストラン事情には通じていないとは、言わなかった。言っても信じてもらえなかっただろう。はやばやと家を出たが、あとで何気ないふうにズザンネに提案するのにふさわしいレストランは、いまだ見つからない。気がついたことといえば、この役目が私には面白くもなんともないことぐらいだ。それどころか、私にとってレストランぐらいどうでもいいものはほかにない。にもかかわらず、ヴェルディなるイタリアンの店をまたぞろ覗く。名前を別にすれば、悪くなさそうだ。ヴェルディからそう遠くないところに、ミコノスという、例外的に私が知っているギリシャ料理店があるが、ここは音楽がやかましいので問題外。どんな点からレストランを選べばいいのだろう。私の場合は、混んでさえいなければだいたいそれでいい。食事がとりたてて上等でなくとも甘受する。この基準はどうもズザンネには通じそうにない。タイ料理店のドアを開ける。たちまち甘ったるい耳障りな音が押し寄せる。冗談じゃない！　すっかり傾いた太陽が人々の顔をみんな黄色に染めている。子どもが三、四人、作り話の体験談を喋って、自慢しあっているのが聞こえる。こんな歳でもう幻滅に抗って、口角泡を飛ばしているのか！　裏通りに入ると、車の中で赤ん坊に授乳している母親がいる。体の線の崩れた女たちが、ゆったりした服に身を包んで過ぎていく。男が車の中からプラスチック製の空色の松葉杖を取りだし、その杖をついて去っていく。リーザのことがふっと頭をよぎる。どうやらいままで彼女のことを忘れていたみたいだ。いや、そういうわけではない。それどころか一日に何回となく彼女のことを思うのだが、ただ彼女にもう会えないことが、もはや苦しくなくなったのだ。彼女の面影や声が私から消えてしまうまでに、あとどのくらいかかるのだろう。スペイン料理のレストランをのぞこうとして、ヒンメルスバッハを発見する。隣にマーゴット。やっぱりそうだったか！　ヒンメルスバッハはてかてかになった革ジャンを着て、マーゴットにしきりと喋りかけている。首からぶら下がっているのはカメラ。カメラマンの夢いまだ醒めやらず、その話をしているのだ。人差し指でカメラを指し、かるく手に取っている。スペイン料理屋はエル・ブッロといって、外から一度見ただけだが、まずまずの感じだ。ヒンメルスバッハとマーゴットはこんどは会話を交わしていて、地面に眼を落として喋りながら歩いていく。私は膝がいささかへなへなとして、どこかに座りこみたくなる。だが座りこんでいる場合ではない、ヒンメルスバッハとマーゴットから眼を離してはならないのだ。どうして膝がへなへなになるのだろう？　どうせなら頭がへなへなになればいいのに、そうしたら考えるのを止められるかもしれないのに。だがいま私は、《ゲネラールアンツァイガー》の話が流れたことをヒンメルスバッハにどう告げようか、思案している。それに、私がこの却下に一枚嚙んでいるのではないかとヒンメルスバッハに邪推されないためには、どうしたらいいだろう？　どうも自分は、頼まれごとを忘れてしまったふりをしそうな気がする。そうすれば頼りがいのない野郎だと思われ、もう口をきかれなくなるだろう。願ったりかなったりだ。それなのに私はなぜ、ヒンメルスバッハの就職がダメになったことに罪の意識を感じるのだ？　おまけにしゃくに障るのは、自分がやつにかすかなライバル意識を持っていることだ。こんなことははじめてだ、と思う、いわば継続審議中のところで、女をいわばかっさらわれたというか、女がすべり抜けていってしまったのは。なるほど、たしかに私はマーゴットをあれっきりかまわなかった。美容院の外でも彼女に関心があることを示すべきだった。だが愕然とすることに、本当のところ、私は美容院の外の彼女にはまったくなんの興味も感じられないのである。だけど、それならなぜこの眺めに心が痛む？　なぜ、彼女がヒンメルスバッハみたいなやつの手に落ちるのを嫌がる？　市電のレールを掃除する車が警笛を鳴らし、シューシューと音を立ててやってきて、私が疑問を考えつづけることをはばむ。ヒンメルスバッハはマーゴットの肩に右腕をすっぽりかけ、前に回した手をぶらぶらさせながら歩いている。私は少し距離を詰める。ヒンメルスバッハが前に回した手でなにをするのか、マーゴットがいかなる反応をするのか確かめたいのだ。しばらくして、ヒンメルスバッハは、マーゴットの乳房にときどき当たるように手を揺らしだす。マーゴットはこの抱擁から身をもぎはなさない。この接触に異議がないとみて間違いない。この展開は、私のライバル意識にプラスの効果をもたらす。高校生じみたアプローチをするヒンメルスバッハが、ふいに哀れを催したのだ。マーゴットの乳房へのタッチは、ついうっかりという感じに見える（それが意図なのだ）。信じられない！　やつのやっていることは十六歳並みじゃないか！　ヒンメルスバッハの手が、偶然をよそおって何度も何度もマーゴットの乳首を撫でる。私も十七のとき、まさしくこのやりかたで同い歳のユーディットに近づいたのだ。タッチの間隔はだんだん短くなり、ついには右手が一瞬、マーゴットの右胸をわしづかみにする。マーゴットはどうやらこの接近の結果に驚いてもいなければ、とまどってもいない。信じられない！　ほぼ四十二歳のヒンメルスバッハが、ほぼ同じ歳回りのマーゴットに、思春期のカビくさい技を反復してアプローチしているのだ。

それゆえにとうとう、ヒンメルスバッハは私の中でグロテスクな人物となる。私の思い違いでなければ、いまマーゴットをあきらめるのは難しくない。私の頭の中で珍妙な取引が成立する。ヒンメルスバッハは、私が《ゲネラールアンツァイガー》の仕事にありつくのを意図せずして助けてくれた。その埋め合わせとして、私はヒンメルスバッハに闘わずして女を渡すのだ。彼女を失う苦痛によって、私は、口利きが功を奏しなかったことの罪をあがなう。そういうことか？　だが私は、自分がメッサーシュミットのところで運よく職を得たこと、ないしうまくやった（やっていくかもしれない）ことにも罪悪感を感じている。この珍妙な罪の意識はわかりづらいと同時に、するどく胸を刺す。もちろん、じつはぜんぜん別のことなのかもしれない（可能性そのⅡ）――つまり、私の罪ゆえに、ヒンメルスバッハは《ゲネラールアンツァイガー》に蹴られたことを聞き知らない、するとそれによって、私は自分が《ゲネラールアンツァイガー》で職を得たことの罪をも彼に移してしまう。というのも、ひとたび罪が生じたところには、その先にも新たに罪が積み重なるからだ。可能性そのⅢはおそらくかなりはずれであって、見当違いかもしれない――つまり、じつはヒンメルスバッハと私は、以前からたがいに肉体の触れあいを求めていた。そしてそれは、マーゴットの肉体という予期せざる仲介を経て実現した。どちらもマーゴットと性交したことによって、私たちははじめて近づきあったのである、と。可能性そのⅣは個人的には私をもっとも震撼させる。それによれば、私とヒンメルスバッハの極度の接近があきらかにするのはつまるところこれである――人の一生は守るべき距離も守らぬ無遠慮の連続であり、他に類を見ないいたたまれなさの濃厚化だということだ。にわかに膝がまたへなへなになる。この難題にきちんと対処するには膝の力（頭の力は言わずもがな）が足りないのだと、はじめから言ったとおりではないか。さいわいにもいま上衣は着ていない。着ていたら、けっして存在許可を出さないであろう人生の面妖さに詰め寄られて、そこらのヤブかガラクタに上衣を投げ、それを二日間黙って眺めつづけていたところだ。心中あれこれと検討しているうちに、さいわいにもヒンメルスバッハとマーゴットを見失う。一瞬、ヒンメルスバッハゆえに自分はこの町を去ろうかしらと考える。その想いのばかばかしさにますますへなへなになる。黄色い空がゆっくりとオレンジ色に染まっていく。ズザンネとの待ち合わせまでにまだ一時間以上ある。そのあいだずっと思案しつづけるのはごめんだ。どうやら私は勘違いをしていた。私の心中で起こったのは取引ではない、じわじわと身を屈することだった。だが、なにがいったい身を屈したというのだ、そしてなにによってそうなった？　冗談じゃない、またぞろ問いをはじめてしまった。そのとき、十歳ほどの男の子が助けに入ってくれる。その子は裏通りにあるビルのベランダに出ていて、洋服ブラシに長いひもをつけ、そのひもをベランダの手すりに結びつけて、ブラシを下に垂らしている。男の子はひとしきりブラシを右に左にぶらんぶらんと揺すってみてから、ひもを止め、ブラシがじっと動かなくなるのを待つ。私は店先のショウウインドウの下に座りこんで、ブラシに眼を凝らす。いまブラシはゆっくりと回転している。男の子はアパートに引っこみ、ベランダの戸を閉める。すぐあと、隣の窓のカーテンが細めに開いて、そこから男の子の顔がのぞく。しずかにぶら下がっているブラシを、こんどはその位置から眺めているのだ。私もブラシみたいに、穏やかで心の平らかな人間でありたい、そして自分自身によってあたたかく見守られていたい。数秒後、いましがたのこの文に自分で笑ってしまう。と同時に、本当のところ、この文をありがたいとも思う。この文は、私が心を静められたことのしるしにすぎないからだ。いまは、あのブラシの心の平らかさの一部が、自分にも移ったような気さえする。たとえぜんぶがぜんぶを理解していなくても、この一瞬はそのことを気に病まない。オレンジに染まった空がまた色を変えていく。家並みの上は濃いバラ色に、高くなるにつれてゼニアオイの藤色に。あるかなきかのかすかな風がブラシを揺らす。どこへむかうともないこの揺れもまた自分の中に受け取りたいと思う。すべてを理解しきっていないことを、いまは自分の誇りとして受けとめる。四十五分後、洋服ブラシが私の身体の内部で揺れている感覚がする。

あいにくズザンネはこの一時間、穏やかに揺れる洋服ブラシのそばで過ごすことができなかった。いらつき、虚脱し、闘い疲れている。私たちはヴェルディに行く。料理は間違いなしという評判の店で、ほぼ満席だ。さいわい音楽はかかっておらず、明かりも落としてある。しばらくのあいだ、私は人々がくり返し自分を整えつづけている姿に眼を凝らす。ナプキンで口をぬぐい、ズボンやスカートをたくしあげ、髪型を直しつづけている。ズザンネはエストラゴンのマスタードソース添えチキンの胸肉を注文し、私はハーブ風味のフォカッチャに決める。ズザンネはやがて周囲の人々に疑いの視線をむけ、小声でくさしだす。

きょうはあたし、不満顔の人間はもうひとりも見たくない、とズザンネが言う、見たらもうむかっ腹が立って、アグレッシブになっちゃう。

サラダの椀に載ったスプーンがこっちをむいているだけで、ズザンネには我慢がならない。きっともうすぐ、いかに長いこと自分が間違った人生を送ってきたかについて嘆き、いかに長いこと芝居熱を抑えてきたかを語りだすだろう、と私は覚悟する。リーザがこんな感じで機嫌が悪いときは、月経が近づいているしるしで、〈いまにも泣きそう限界〉にいることがわかっていた。〈いまにも泣きそう限界〉というのは、リーザの造語だった。いまこの言葉を持ちだして、ズザンネに訊いてみたい気がする――きみはいま、いまにも泣きそう限界？　ひょっとしたら、私が心境をずばりと言い当てたことに、ズザンネは大喜びするかもしれない。ウエイターがチキンの胸肉をズザンネに、フォカッチャを私に運んでくる。私たちは必要以上にせかせかと食べる。だけど、喜んでからしばらくすると、ズザンネの機嫌はもっと悪くなるかもしれない、なぜならもちろん、〈いまにも泣きそう限界〉だなんて、私が作った言葉ではないことに気づいてしまうからだ。そしたら私は怖じ気づき、この言葉はリーザが残していった数少ないのもののひとつだ（預金を別にしてだが、この預金のことはまさか言わない）、と白状してしまうだろう。そうしてこんなことまで喋ってしまう――僕って人間は、ほかの人を、ぼちぼち理解しはじめたところで、きまって以前知っていた別の人のことを思いださずにはいられないんだ、ほんと悲惨だよ、と。人間がたがいに似通っていることに私が気づいたのは、ずいぶん遅かった。それまでは長いこと、人間はひとりずつまったく違うと思いこんでいた。あの頃、〈いまにも泣きそう限界〉が良かったのは言葉の上だけであって、その言葉が与える影響はけっしてそうではなかった。私があの言葉にすっかり感じ入って、それで気を逸らせていなければ、リーザはいろんなことを私に語れていたはずだろうに、あの言葉がそれを妨げてしまった。〈いまにも泣きそう限界〉か！　と私は何度も言ってげらげら笑うばかりで、リーザが自分の言いだした言葉のせいで沈黙してしまったことに気づかなかった。少なくとも、そういうことがよくあった。

この店にいるお客、誰も知った人はいないのに、とズザンネが言う、ついきのうかそこらこの人たちとどこかの共同キッチンでいっしょに朝食をとったみたいな感じがする。

なんと答えてよいのかわからない。ズザンネと私のあいだの空気はいまひとつ気に入らない。それを変えようと、私はズザンネに、ある空想の話をする。彼女にキッチュな手紙を書いていた頃にしていた空想だ。

あの頃よく想像したんだ、ある晩僕が家に帰る、そうすると、きまってきみが、アパートのドアの前に座りこんでる。

もしそうしてたら、家の中に入れてくれてた？

ただの想像だよ、それ以上のものじゃない。

じゃあ、入れなかったのね。

もちろん入れてたよ。きみがドアの前にぜったいいる気がして、感動して涙ぐんだことだって実際に何度かあったんだから。

感動して？　それとも期待して？

それは当時じゃ区別できなかったな。

私たちは笑う。

涙ぐむと、もうなんにも考えられなくなるんだ。少なくとも当時はそうだった。

なるほど。いまは？

いまは想像するってことがなくなった。

ほんと？

ああ。僕の想像力は、いつのまにか枯れはてちゃったな。

それは信じないわ、とズザンネが言う、あなたはきっと、想像と一体になり過ぎちゃったのよ、それで自分ではもうわからなくなってるんだわ。

この瞬間に、レストランに音楽がかかる。今宵の展開にとってあまりいいしるしではない。ズザンネはふーっと息を吐いて、チキンの残りをテーブルの中央に押しやる。音楽のかからない店なのか確かめるべきだったかもしれない。ズザンネがまわりを見回す。私たちはしばし押し黙る。

あの女の人たち見てよ、ズザンネが言う、なんて矛盾だろ！　胸の谷間をはちきれんばかりに強調してるでしょ、でも見て、その上の哀しそうな顔！　あの眼！　苦々しい口もと！　あれを見ただけで、胸のほうの喜びだってそんなに大きくないってことがわかる。

デザートを注文しようか、と私は考えるが、かわりに訊ねる。出ようか？

ワインを飲んじゃいましょ、ズザンネが言う。

私たちが出たがっていることにウエイターがめざとく気づき、そばにきてテーブルの端に勘定書を置く。

今夜、あたしのとこに泊まってく？

きみが僕に我慢できるんならね、と私は言う。

あたしに我慢できるか、訊こうと思ったのよ。

私たちは笑いあう。

でも、ひとつ、あなたにはお役目があるのよ。

なにかな。

困ったことに、夜中に何度も眼が覚めるの。とくにここんとこ、ぴりぴりしてて、気が高ぶってるから。明かりをつけて、舌が痛いから手鏡で調べるの、癌とか、卵巣とか、そんなようななんかが、どうかなるんじゃないかって、怖ろしくてパニックになる。それであなたは、もしあたしがべらべらべらべら喋ったら、ベッド脇の台に板チョコが半分置いてあるから、ひとかけ口に突っこんで、頭をそうっと枕に沈めてほしいの。口の中でチョコレートがゆっくり溶けていくうちに、あたしはまた寝入ることができるから。

引き受けたよ。

寝室に入ってはじめて、この服どう、とズザンネが訊ねる。ライトグレーの軽い天然繊維を使ったスタイリッシュなフライトスーツ風で、斜めについているジッパーが、今晩はずっと半分開けてあった。その下は蛍光色のレモンイエローのブラウスで、襟ぐりにごく小粒のパールのネックレスが見えている。眼の下に少し金粉がはたいてあったが、いまズザンネはそれを拭き取る。ピラミッド形のイヤリングもはずす。

どう言ったらいいかわからないな、と私は正直に言う。あまりがっかりさせないように、またつけ加える。だいたい、女性は着ている物の効果を過大評価するきらいがあるよ、とくに男に対する効果を。ほとんどの男には、女性がどんな服装をしているかは重要じゃないんだ。

あなたもそう？

あいにくね。

ズザンネはナイトテーブルの棚から半分のチョコレートを取りだして、ベッドのむこう側に置く。それからマッチ箱。タンスの上にある背の高い燭台の六本のろうそくにつぎつぎと火を点す。

行きつけのブティックがあるんだけど、そこの女性オーナーに、ブラウスとかワンピースとか、もらうことがあるの。その人が二、三回着ただけので、売りに出す気もないのを。

ふうん、と私は気のない返事をする。

ほんと、服にはさっぱり興味がないみたいね。

ごめん、というべきかな。

ズザンネは笑って、ろうそくの点った燭台をさらに遠い位置に置きなおす。オレンジとリンゴが半分の高さまで入った果物鉢の底に、錠剤の頭痛薬が一巻き置いてあるのが眼に入り、ああ、そうだよな、当然だよな、とだけ思う。

あたしがキッチュな趣味で、ろうそくの明かりで愛されたがってるとか思わないでね、とズザンネが言う。単純な理由なんだから。まじまじ見てほしくないの。

ああ、そんなことか、と私は答える。それも女性の考えすぎというやつのひとつだね。

それ、あたしを落ち着かせようと思って言ってるだけでしょ。

自分を落ち着かせようとも思ってるよ。

芯のところでは、ズザンネはたぶん鬱々とした性格なのだろう。だから私たちはいっしょに話ができるし、ある程度は理解しあえるのだ。とはいえ、ズザンネが自分の憂鬱に気づいているのかどうかは、いまのところわからない。身辺に見られる物質的なものへのこだわり（衣裳の多さ、娯楽の多さ、意味探しの多さ、装飾品の多さ）を見る限りでは、気づいていないように思える。

きみは、退屈な人間になる勇気を持たなきゃいけない、と私は言う。

どうして？

長い間には愛も退屈になることは否定できない。

わたしにはそれは無理だわ。

どうして？

そもそも、この半生、自分は存在してないんじゃないかって思って苦しんでるんだもの。退屈な女がいちばん幸せになるんだ。退屈な女たちの愛は長続きして、深い、と私は言う。

ズザンネがオレンジを二つとリンゴをひとつ、燭台のそばに置く。

オレンジ、食べるの？　私は訊く。

ううん、ベッドに入ってるときに、オレンジがはっきり見えるようにしておきたいだけ。

そうじゃないと、寝床に入ってしばらくすると、遺体安置所にいるみたいな気分になる。

考えすぎるんだな、と私は言う。

そりゃそうよ、あなたは違う？

私たちは笑いあい、キスをする。それからズザンネが靴下を脱いでベッドの端に腰を掛け、訊ねる。あたしのこと、批評眼をもって、いっぺんしっかり見てくれない？

私はひとつしかない椅子に腰を下ろして、ズザンネを観察する。ズザンネのような女には、食事やレストランや身なりや週末と同様に、セックスもお洒落でなければならないのだろうかと、ちょっとたじろぐ。

どう？

どうって？

なにか気がついた？

なんのことかわからないな。

じゃあもっとじっくり見て。

私は夜の十一時ちょっと過ぎに可能なしかたで、じっくりと検分する。

膝の下に、もうひとつ膝が出てきてるのがわかんない？

私は口をつぐんだまま、ズザンネの膝に眼を凝らす。

はじめはたいしたことない、こぶみたいなもんだったのよ、とズザンネは言う、そのうちなくなると思ってたら、とんでもない！　どんどん大きくなって、盛り上がってきて、いまじゃまるで一本の脚に二つずつ膝頭があるみたい。おばあさんの脚になっちゃった！

ズザンネは病巣にふれるかのように膝を押さえる。

私はシャツとズボンを脱いで言う。歳を取ってほんとうに変わるのは二箇所だけだ。男は耳が長くなる、女は鼻が長くなる。

ズザンネは笑って、二重膝のことを忘れる、少なくとも一瞬は。私をベッドに押し倒し、時間に追われてでもいるように、激しいキスを浴びせる。私はびっくりするが、ここは驚くところではないぞと自分に言い聞かせる。自分がたくらんだ通りに進んでるだけじゃないか。女に偉いやつだと思わせたんだろ。ズザンネはキスをしながら、私を仰向けにする。私が交われるほど充分に勃起するまで待てない。まだ立ちかけのペニスの上に馬乗りになると、上体を折って、私の上体に重ねる。ことによったら、張りのなくなった乳房が恥ずかしいのかもしれない。私たちはスタートを間違ってしまった、もういちどはじめからやり直したほうがいいのではないか。私は彼女の中に入るが、硬くなりきっていないので、また滑りでてしまう。そのとき、靴下を脱ぎ忘れていたことに気づく。これはズザンネには我慢ならないだろうな、とたちまち思う。気づかれずに脱いでどこかにやるのは、当面むりだ。私にとってはこのへまは別になんということはない。その逆だ、へまは無邪気に通じる。へまはひそかに気づかせてくれるのだ、自分は人生のことをよく知らない、よく知らないまま生きてきた、と。たちまちいつもの基調気分に滑りこむ。自分は人生に生半可にしか適応していない、だからうっかり誤ってこの世に生きているようなものだ、と。ズザンネの身体はやわらかく、子どもが感じるような安心感を与えてくれているけれど。だがブレーキがきかないので、うっかり誤って生きているという感情は、ちっぽけな、情けない、挫折の人生という想いに変じる。これもおなじみの感情だ。挫折したまま生きつづけることには慣れている。なにが起こって、どうやって抜けだしたらいいかしばらくわからないのだが、そのまま行くのだ。そうこうするうちに、忽然として、新しい、第二のスタートを切っていたことに気づく。ズザンネと私はいま無言だ。私はズザンネを下ろし、隣に寝かせる。ついでにベッドカバーの端に両足をうまいこともぐらせる。ズ
ザンネの性器から、ほのかに酸っぱい匂いがただよいだす。ズザンネは嫌かもしれないが、私には刺激的だ。ベッドはにわかに、私の母の台所の、ほぼいつも開けっ放しになっていたパン入れの引き出しの匂いにつつまれる。ズザンネが私を見つめる。私は彼女の心配を紛らわせようとして、こう言ってやりたくなる――安心しなよ、きみは古き良きパン屋の香りがするよ。そんなイメージではズザンネは納得しないだろう。気高さが求められる私たちの熱愛を日常的な概念で損なうのは御法度だ。私は体を返して、ズザンネの脚を開く。そして自分の腰から下を、ベッドの外へ滑らせる。ズザンネは私の意図に気がついて、下半身をずらして寄こす。ズザンネがあらんかぎりに脚をひろげる。私はかがみ込ん

で、彼女の酸っぱい性器に口づける。こうやってはじめて、愛がパンの匂いをさせていても私はまったく構わない、むしろその反対だということを示せるのだ。ズザンネが小さくうめき、両手で私の頭をつかむ。くちびるを突きだして私はズザンネの陰唇を口内に吸いこみ、下の歯列の上を滑らせてまた外に出す。この刹那、ヒンメルスバッハが思い浮かぶ。ヒンメルスバッハとマーゴットが街を歩いている姿がありありと見える。ズザンネとの愛が始まったばかりでまたしても邪魔されたかのぐあいだ。私はヒンメルスバッハと、やつの高校生じみたアプローチをあざ笑う。ズザンネの陰唇を口の外へ滑らせながら思う、いいか、ヒンメルスバッハ、こうやるんだ。ズザンネの陰唇へのキスは、思っていたよりも長めになる。超過時間は、ヒンメルスバッハを意識から追いださんがためだ。うまくいったかおぼつかなくて、首と頭から汗が吹きだす。この調子でいくと、ズザンネと私には三度目の愛のスタートが必要になりそうだ。ヒンメルスバッハのことを考えずにすませるにはどうしたらいいのか、わからない。ただ残されたのは、しだいに弱く空疎になっていくズザンネの性器へののめり込みのみ。そうしながら、自分はいつもいつも人生の前にかがんでいたのだ、と思う。同時に人生そのものを屈めさせてもきた、と。ズザンネの股のあいだから希望が生まれた――もしも私が人生の前に何度もたっぷり身を屈めたら、いつか、私は人生を認可することができるかもしれない、という希望。私が人生の前に身を屈めているのか、それとも人生のほうが屈んでいるのか、しまいにはわからなくなればいいい。そのときこそ、わが信じがたき辛抱強さが勝利をおさめるときだ。身を屈め理論はどうやら功を奏した。ヒンメルスバッハが思考から消えていった。私はもうやつにむかってあれこれと喋りかけていない。ズザンネの興奮によるパンの匂いも手伝っているのか、性器がまた硬くなる。私は立ち上がり、ズザンネの体をいくらかベッドの中央に動かす。こんどは彼女は動かないので、私は苦もなく中に入ることができる。迫り来る挫折が一転したときの喜びは強烈だ。私の突きは、いわば身を屈めることの完成といったもの。いまは愛に身を屈めることでもある。いまズザンネは小動物みたいにひいひいと声を上げる。まるで、ちゃんとした言葉はもう二度と喋りたくないといったふうに。とはいえ二分後には、あなた気をつけてね、と告げる。

どうしたらいい？　出なきゃいけない？

いられるだけ、そのまま中にいて。それからお腹の上にしてくれればいい。

その頼みでいっそう想像がかきたてられ、交わりをこれ以上引き伸ばすのは無理になる。ズザンネが顔を横にむけて、両腕を突きだす。ありがたいことに、私は体からのお知らせがないうちに液を漏らしてしまう部類ではない。私の身体感覚は、射精しそうな瞬間をとらえることができる。そのときがきて、私はズザンネから出、間髪を入れず彼女の上に身を屈める。精液が彼女の腹の上に流れる。ズザンネはあえぎ、すすり泣き、私が彼女から下りるのを手伝う。少しすると、腹を手でなでさすって、精液を腹にひろげている。私はしばらくそれを眺めてから、なにか訊ねようかと思うが、つづいて気づく。なにをしているのかなどと、静かになった女には訊ねないのがいいのだ。

# 10

　このまま怒りに身をまかせて、靴検査員の仕事をやめてしまおうか、一日思案にくれた。ゆうべになって、ようやく、報酬は減っても当面は仕事を続けようと腹をくくった。部屋の机にむかい、前回ハーベダンクからもらってきた靴の試着結果をタイプする。むろん以前にもときにはいいかげんな仕事をしたことはあったが、報告書を最後から最後まででっちあげるのは、今回がはじめてだ。今後は想像上の報告を書くだけにし、謝礼の減額の埋めあわせとして、蚤の市で靴を売りつづけるだろう。このところずっと雨降りだ。表の部屋で、窓を開けて机についている。長雨のあとで街の底から立ちのぼってくる匂いにしみじみとする。モルタル、泥、黴《かび》、小便、埃、湿地、錆のまざった匂い。ときおり仕事の手を休めて、しばしアパートの部屋の中を歩き回り、向かいの建物の住人を眺める。彼らもこっちをじっと眺めている。私たちは視線を逸らさないで、ときにはかるく微笑みあう。おそらくは雨が私たちを優しくしたのだ。いまいちばん印象深いのは、六十歳ぐらいの女。

ベランダのゴミと埃をほうきでていねいに掃いてひとまとめにしてから、その小山をそのままにし、アパートの自室に入って、ときおりその位置から小山に眼を凝らしている。私に言わせれば、これほど深甚な出来事はほかにない。風が吹いて、女が掃き集めた小山を吹き飛ばしていく。自分のやった仕事が破壊されていくのを眺めながら、彼女は抗うなにごともしない。雨になって三日目、バルクハウゼンさんが電話してくる。私は電話口でほとんど呆然となって、しばらく言葉が出ない。正確には、バルクハウゼンさんと自分にどんな繋がりがあったのか、まったく見当がつかないのだ。明らかにそれは隠しきれなかっただろう。するとたちまち、電話を受けるときにしょっちゅう襲われる想いがまたやって来る――悪い知らせが来ることをちゃんと覚悟していなければならなかったのに、その覚悟をしそこね、それで悪い知らせを無防備で聞くはめになったのだ、と。といっても、ふたを開けてみれば、バルクハウゼンさんはせいぜい悪い知らせのカリカチュアといったところ。彼女は、こちらがなにも言わなくてもお喋りができる種類の人間だった。

わたし、たったいま、自分の物が三つ壊れちゃったんです、とバルクハウゼンさんは言う。浴室のライトが切れました、それと花瓶が落ちた、それから、青いズボンの縫い目がはじけちゃった！

バルクハウゼンさんは笑い、私は黙する。というか、短くなにか言うには言ったが、しどろもどろだ。

それであなたにお電話しようって、決めたんです！　そう勧めてくださったじゃありませんか！　そちら、回想術研究所でいらっしゃるのよね？

あっ、そうか！　バルクハウゼンさんばかりか、この研究所のこともすっかり失念していた。こんどは私も笑う、が、笑っただけでは研究所を無きものにできないことに気づく。

おたくの研究所のこと、ずっと考えてたんですよ、バルクハウゼンさんが言う。

午後に会おうか、夕方か、それとも夜にしようかと、私たちは長すぎるほど相談する。ようやく思いだす、そういえばバルクハウゼンさんは回想術研究所、つまり私のもとで私を相手に、体験講座一回分を予約したのだった。午後がベストです、とバルクハウゼンさんが言う。

晩方だと、どこかのレストランに入るしかないでしょう、でもそしたら、あのゾッとする体験プロレタリアートにお目にかかることになるじゃないですか！　ああいう人たち、わたしもうまっぴら！

体験プロレタリアートなる言葉は初耳だ。体験プロレタリアートってなんだろう、と思案する。バルクハウゼンさんの造語だろうか、そんな言葉をわざわざ作って、わたしはできあいの体験では満足しませんよ、要求の高い難しい人間なんですよと私に言いたいのだろうか。電話を受けながら、私の眼は、ドアを開け放してある落ち葉の部屋に釘付けになっている。落ち葉は、いまからからに乾き、丸まったり、縮んだりして、印象的な形になった。この刹那、どうして自分が落ち葉の部屋を切々と求めたのかがはっきりわかる。この世にせめてひとつでいい、自分がおびえずにすむ空間がほしかったのだ。なにものも私に近寄りすぎない、私に要求を出すことのできない空間が、せめてひとつ欲しかった。落ち葉のあいだを歩き回っていれば、なにかをきちんとしなければならないという感情すら消えていく。落ち葉の部屋は、私のけっこうずる賢いかもしれない魂の発明品に相違ない。

ほかにふたつとないことを経験したいんです、とバルクハウゼンさんが言う。本物の、個人的な経験ですわ、わかってくださるわね？

なにをしてやればいいのか、かいもく見当がつかないが、午後四時に会う約束をする。

船着き場で。

船着き場ですね、バルクハウゼンさんが復唱し、私たちは電話を切る。

本当のところ夏はもう終わりがけで、私の興味はよほどそちらのほうにある。草はつやを失い、樹々の葉は黄色くなるばかりか、落ちはじめている。ここ数日は、鷗が屋根の上を旋回するようになった。どこから来るのだろう。雨に誘われたのだろうか、どこかに大きな池でもあると思っているのかもしれない。いま鷗たちは、はるかな高みから、ビルの谷底のベランダで洗濯物を干す主婦たちを見おろしている。毎日このあたりのベランダの戸がつぎつぎに開き、女たちが姿を現して、洗濯物が乾いているか、なま乾きか、あと少しで乾くかを、手で触れて確かめていく。たったいま、ひとりの年配の主婦が、洗い立ての洗濯物をプラスチックの籠に入れてベランダに出てきたが、私のみるところ、この人は洗濯物とつきあっているうちにちょっと気が触れてしまったようだ。干し物をしてアパートの中に引っこむ。だがはやくも二分後、もう乾いていないかと最初のチェックに出てくる。また部屋に戻るが、しばらくするとベランダに出て、洗濯物の乾きを手で触ってチェックする。狂気じみたせっかちさで、へとへとになるまで同じ動作をくり返してやまない。あるいはまた、逆のことも言えるのかもしれない。へとへとになったときにのみ、狂気を離れて、しばしの休みが取れるのだ。短時間のうちに、十回から十五回干し物をつかみ、だしぬけに籐いすにくたくたと倒れこんで、風にかるくはためいているシーツとシーツのあいだでじっとしている。そして煙草を吸うためだけにベランダに出てきた隣室の女性を観察していたが、そのうち寝てしまう。頭をベランダの後ろの壁にもたせかけ、口をぽかんと開け、両手をじっと膝の上に置いたまま。左右に垂れているシーツは、いましも彼女の上にひろげられようという経帷子《きょうかたびら》のごときだ。だがそれから、女はぱちりと眼を開くと、即座に洗濯物をつかむが、まだ乾いていない。なんというこの世ならぬ光景だろう。死者がめざめ、経帷子に触れては、自分がほんとうは死んでいることから眼を逸らせている。煙草を吸いに出た女が、二本目を吸いはじめる。観察されているために、ちょっと怒りっぽく、攻撃的になっている。といっても、当たれる相手はいない。憂鬱そうな視線をまわりに投げながら、やたらと煙草の煙を吸いこむだけだ。そのうちに私までが、自分の狂気にがんじがらめになる。トイレに行く途中で廊下の鏡をちょっと長くのぞきこみすぎ、ふいに、また十一歳の顔をしている、とはっきり思う。白っぽくて丸っこい、ほとんどお月様みたいな顔、明るい色の髪が顔のまわりにかかっている。眼は青くうるみ、唇は乾いて上下が貼りつき、肌はややざらついて、口にはなにかおかしな味が残っていて消えない。頭皮がしじゅう痒く、舌は動かず、ただまん丸い小さな眼だけがきょときょと動きながら、こう訊ねている――人生にはいつ苦悩が入りこむの？　どうやって？　誰かが僕をバカにするの？　じきにほかの子が僕にむかって、このうすらバカ、って言うの？　そして僕のみっともないセーターをつかんで、しまいには服のことでもせせら笑うの？　そしたら僕は家に帰って、いまみたいにソファに腰を下ろして、お化けが消えてしまうのを待つんだね？　こんな顔でバルクハウゼンさんに会うわけにはいかない。かすめ過ぎる子ども時代の光景、怖ろしさ、逃げだしたいような無力感がつぎつぎと身内を走り抜け、ほぼ一時間近くも私をソファに押しつける。やがて私は立ち上がり、タンスの扉を開ける。いま、この部屋には少なくともふたつの面妖な眺めがあるわけだ、扉の開いたタンスと、私と。私はベランダの女のように、リーザがアイロンを掛けていってくれた洗濯物を手でつかむ。ハンドタオルを一枚取りだし、手に持ってアパートのなかをうろうろする。ベランダの女みたいにへとへとになる。ソファに戻って横になり、ハンドタオルを畳んで、枕代わりにする。タオルからリーザの匂いが立ち昇り、寝付きを助けてくれる。一時間ばかり眠る。起きてみると、子どもの顔をしたお化けは消えている。

何日も雨がつづいたせいで、河が氾濫している。河岸の広い緑地帯はほとんど水に浸かっている。船着き場も没した。水は石の築堤まで押し寄せていて、堤防を叩いてごうごうと流れていく。バルクハウゼンさんは消防車の近くにたたずみ、男が数人、家屋の地下室の窓を土嚢《どのう》でふさごうとしているのを眺めている。土色のワンピース姿で、諦観した者のたたずまいだ。近づいていって挨拶すると、首をすくめ、ちょっと痛々しそうに横をむく。いっしょに散歩するつもりだったが、ふたりともごうごうと流れる河の眺めが気に入っていることがわかり、ベンチに腰を下ろして、黄色い濁流をいっしょに見下ろす。ややあって、バルクハウゼンさんが退屈という悩みについて話しだす。

しようと思えば、なにをしてもいいんです、と彼女は語る。でもすぐにむなしくなることが、はじめからわかってしまうの。この数ヵ月はほんとうにひどくて、どうにかしなくちゃって、自分でも思っていました……そしたら、まるで運命みたいに、あなたにお目にかかったんです。

私はびくりとするが、バルクハウゼンさんは気づかない。

どんな退屈にお悩みなんでしょう、と私は訊ねる。単独性退屈ですか、それとも集団性退屈ですか。

単独性退屈？

ひとりでいるときに心に退屈が生じる、とお感じでしょうか？　自分ではなすすべもなく、ふっとその感じに襲われてしまう、いわば意地悪く突然に。

まあ、そのとおりですわ、意地悪く突然にだわ。

これが単独性退屈です、と私は言う。もうひとつはこうです。あなたはほかの人間といっしょにいる、芝居とかプールとかですね。あなたは愉しく過ごしている、愉しく過ごしたいから、芝居とかプールとかにわざわざ出かけてきたんです。ところが、自分を愉しく過ごさせている当のものが、ほんとはぜんぶ退屈なんだ、とはっと感じる。

それも同じくらいよくあるわ！　とバルクハウゼンさんが言う。それって、ほんとにいたたまれない。友だち大勢といっしょにいますでしょう、自分は愉しんでるって思いこんでるし、気分もいいんです、ところがだしぬけに、本当はわたしの心をとらえているものはなにもない、なにもかもかたわらをすり抜けていくだけ、って気がするの。たまらない感じだわ。これって、集団性退屈かしら、単独性退屈かしら？

私たちはまさしく会話セラピーに入ってしまった。バルクハウゼンさんを止めることはおろか、自分も止められない。

いちばん最近の退屈の発作はどうでしたか？　どちらが先でした、自分のうんざりか、他人のうんざりか。

いちばん最近の……ええと……どうだったかしら、とバルクハウゼンさんが言う、そうだわ……いやだ……テュービンゲンよ……あれはつらかった……恥ずかしくてお話しできませんわ。

おひとりだったのですか？　と私は訊ねる。狼狽からひたいに滲んでいた汗をふきとる。バルクハウゼンさんは私を観察しているが、私が汗を浮かべているのは、話に真剣に聞き入っているしるしだと思うことだろう。

いいえ、とバルクハウゼンさんは答える。ボーイフレンドといっしょでした。彼が新聞で、テュービンゲンの美術館で印象派の大展覧会をやるっていう記事を見つけたんです。それでわたし、すかさず言いました！　行きましょ！　って。印象派よ！　すごいじゃない！　ついに本物にお目にかかれるのよ。ふたりともわくわくしました。翌日もう一度鑑賞できるように、一泊するつもりになってたくらい。あんなに有名な絵なんですもの、一度見るだけじゃ足りないでしょう？　で、何時間もかかって車で行って、テュービンゲンの美術館にいよいよ足を踏み入れました。入ってすぐ右手に、あの絵が……ええっと……収穫とかいったかしら、なんでもいいわ、とにかく有名な夏の絵よ、あなたもご存じですわ！　とたんに怖ろしい退屈に襲われたの！　わたし思いました、どうしよう、セザンヌなのに。左を見ると、別の夏の絵が掛かってました。タイトルは思いだせないけど、思いました、こんな絵、いまじゃどこの教室にもどこの事務所にも掛かってるじゃない、これ以上見れるもんですか！　待合室ご用達のつまんない絵だわ！　退屈で体が動かなくなっちゃいました。もう一歩も先へ進めないんです。それで彼氏を見たら、彼氏の頭の中は、もう外に出ることだけ。車でむかううちから、もううんざりしてたんですって。わたしが楽しみにしているのを台無しにしちゃいけないと思って、黙ってただけで。それで言うんです、高速に乗ってるときから、絵の前の人だかりが思い浮かんでさ、四方八方からぎゅうぎゅう押されるんだぜ、左にゃロイトリンゲンの奥さん団体のガイドツアー、右にゃベーブリンゲンの奥さん団体のガイドツアー、後ろからは爺さん連中の汗の臭い、前じゃラーフェンスブルクの学校生徒がどたばた！　それからすぐ、わたしたちは車に乗って家に戻ったんです。

絵を見ずに？

ええ、絵を見ずに。

バルクハウゼンさんは自分の話になかばくたびれ、なかばびっくりしている。私たちは押し黙って、滔々たる流れに眼を馳せる。小さな木の机が、脚を上にして、私たちのすぐかたわらを流されていく。バルクハウゼンさんがテュービンゲンで退屈したという話をしたのはなぜだろう、と思案する。思いつく説明はひとつしかない。彼女は人の意気を阻喪して回る人間だということだ。彼女に対抗できる力は私にはない。こんどは水をぱんぱんに吸ったマットレスが、眼の前を押し流されていく。つづいて折れたりもぎとられたりした木の枝や藪。警察の出動車がやってきて、橋のたもとに停まる。警官が三人飛びだし、橋の通行止めの処置にかかる。登り口の階段が水に浸かっていて、橋が渡れなくなったのだ。眼前でなにかが起こっていることがありがたい。というのは、つぎにどんな質問をすればいいのか、バルクハウゼンさんの話をどう分析したらいいのか、彼女の生きる苦しみにどんな助言をしたらいいのか、見当がつかないのだ。バルクハウゼンさんの壊滅パワーに太刀打ちできる人間などいないぞ、という結論に達する。彼女だって、誰かに助けてもらいたいとは思っていない。ただたえず誰かの意気を阻喪したいだけだ——きょうのところは私の。ということは、いま会っているのは間違いでした、と打ち明けたっていいはずだ。バルクハウゼンさん、私は体験セラピストなんかじゃないんですよ、ちょっと冗談を言ってみただけでしてね、まずいことに、あなたがそれに乗せられちゃったんです。するとバルクハウゼンさんは、わたしが乗せられたんだって、あなたまだ思っていらっしゃるの？　と言って笑ってくれるかもしれない。テレビ局の取材チームの車が橋のたもとに停まる。カメラマン、音響係、レポーターがひとりずつ、それと荷物をもった助手が降りてくる。バルクハウゼンさんと私はじっと眺めている。心地よい時間が過ぎる。私がペテン師いかさま師の正体を暴露するときが、これでまた引き延ばされたのだ。その間、心では弁解の言葉を練習している。じつはですね、あれはお酒の勢いだったわけです。ときどき気が大きくなってしまうんですよ。お喋りが過ぎて、自分で自分の首を絞めてしまうことが、これまでもう何度あったことか。そんな程度でいいのではないだろうか。女性レポーターが通行人にマイクをむけて、どうしてここへ来たんですか、河の氾濫のどんなところに興味を惹かれたんですかと質問している。訊かれた人たちは言葉を濁すか、返事に窮するかだけだ。なんとなく、とか、たまたま、とか、わかりません、とか、さあ……とか答えるばかり。

やっぱりわたしには、誰も質問しないのね、とバルクハウゼンさんが隣で言う。

質問してもらいたいんですか？　そしたらなんと答えます？

いえもちろん、恥ずかしくて話せませんわ。でももし照れずに話せるんなら、こう言うかしら、河が氾濫するのは好きです。だってわたし、世界が沈没していくのを見たいんですもの。

バルクハウゼンさんは笑い、私も笑う。

いまのひと言は、ぜひともカメラにむかって喋るべきですよ、と私が言う。

でも恥ずかしいわ、と彼女が言う。カメラがこっちをむいてたら、ひと言も喋れないわ。

それにどっちみち、こんな発言は放映されませんよ。

そうは思いませんね。その逆ですよ。この節はきわどい、あり得ないようなものにかぎって放映されるんですから。

でもやっぱりためらっちゃうわね。

どうして？

本当は、ごくごく平凡な意見を言いたいんです。目立ちたくないから。

それは信じられないな。

わたしが目立ちたがってる、っておっしゃりたいの？

ええ。

じゃあ、どうしたらいいのかしら？

私がいっしょに行きましょう。

それで？

なにげないふうに、ふたりでレポーターのほうにむかっていくんですよ。レポーターがあなたを見つけて、マイクをつきつける。そしたらあなたは、たったいま私に言ったセリフを言うんです。

バルクハウゼンさんはぶるっと身震いする。だがもしかしたら本当にカメラにむかって喋れるのではないか、と興奮もしている。私たちは立ち上がり、帰るようなふりをし、だがそれからくるりと向きを変えて、取材チームの方向に歩いていく。女性レポーターがチームを離れ、にこにこ顔でバルクハウゼンさんに近づく。そして、私がさきほど言ったとおりが、そのまま起こる。バルクハウゼンさんは意を決して話す。河が氾濫するのは好きです。だってわたし、世界が沈没していくのを見たいんですもの。

レポーターは眼を丸くして喜ぶ。まあ、変わったご意見ですね！　そして詰め寄る。でも、まさか世界は沈没したりしませんよね⁉

もちろんしませんわ、とバルクハウゼンさんが答える。あたかも沈没するように見える、ってことです、おわかりでしょうか？

なるほど、レポーターが答える。そう見えるだけ、というのがお好みなんですね？

ええ、かりそめを、非現実を楽しむんです！　ついにこんながらくたが、なにもかも洗い流されるぞ、と思えますでしょう。でも現実はやっぱりそのままですもの。それかまた元のもくあみかね！　結局はただの小さな氾濫ということでおしまい、それだけですもの！

レポーターはみじかく笑って、マイクを下にむける。すてきなご意見でしたわ、と言う。放映されるんですか？　バルクハウゼンさんが訊ねる。

ぜったいとは言えませんけど、でもたぶん放映します。

いつ？

今夜の七時のニュースです。

レポーターは礼を言って、氾濫を見に集まってきたほかの人々にまたマイクをむけはじめる。興奮したバルクハウゼンさんは、私と腕を組む。

信じられないわ、その場を離れながら、バルクハウゼンさんが言う。わたしほんとに、思ったとおりを言ったんだわ。こんなこと、これまでたぶん、一度もなかった。

予約した体験レッスンの二時間が過ぎる。バルクハウゼンさんは小さなバッグを開けて、約束した二百マルクの謝礼を支払う。この瞬間に私の体を走りぬけた幾重もの逡巡に彼女が気づいたかどうか、わからない。努めて自分に考えをむけまいとする。だがうまくいかない。なんともいたたまれない居心地の悪さが身内にひろがる。バルクハウゼンさんが別れを告げる。

またときどきお電話してもいいでしょうか?

もちろんですとも、と私は意味もなく勢いよく言い、ごていねいにうなずく。

バルクハウゼンさんは左の方向、まだ通行ができる南橋のほうへ歩いていく。物見高い人々が船着き場のそばでつぎつぎと足を停める。船着き場はすっかり水中に没して、いまは桟橋の鉄の欄干が河からのぞいているだけだ。たよりなく揺れている欄干は、バルクハウゼンさんならきっと気に入るだろう。警察が通行禁止の作業を終える。テレビの取材チームが機材を車にしまう。ふいに淋しくなった岸辺が、私の心を奪う。とりわけ心を惹かれるのは、一本の樹の幹に結びつけられて、濁流をゆっくり上下している木の小舟だ。半分水に浸かっていて、もうしっかりと浮くことができないが、沈みもしない。私の気持ちもこのとおりだ、とたちまち思い、たちまちまた、自分の人生を舟にたとえたことが噴飯物に思えてくる。まったく、見るものに意味をつけないではいられないこの衝動は、私自身どれだけ気にさわっていることだろう。自分で自分を戒める声が聞こえるようだ——舟は舟であって、ほかのものではないぞ、と。一羽の鴨が泳いでくる、片方の脚をおかしなふうに持ち上げて。たったいま自分を戒めて、もうけっして意味づけて見ることはするまいと思ったのに、またしてもこんな文が思い浮かぶ——なんてことだ、こんどは鴨まで不具なのか。数秒後、鴨は上に持ち上げていた脚を水の中に戻して、ふつうに泳ぎ去っていく。しばらく待ち、バルクハウゼンさんをじゅうぶん先へ行かせてから、私も南橋のほうに消える。この瞬間に人生の面妖さを表現しようと思ったら、私はこの茶色い河に上衣を投げなければならないところだろう。それも南橋に着くまで待って、橋の上から大きな弧を描いて、上衣を河に投げ落とそう。上衣は水に流され、波がピチャピチャ、チャプチャプ、上衣にあたって、そしてこれがまさしく、人生の面妖さを表す最新の語になるだろう、ピチャピチャ《ゲシュルッペ》、チャプチャプ《ゲシュラッペ》。しばらく後、実際に南橋を渡る。たちまち上衣を投げ落としたい誘惑に駆られる。なぜ実行しないのかは、わからない。上から眺めて（すぐぐしょ濡れになってしまうから、私の上衣であることは、私にしかわからない）、上衣がときどきくるり、くるりと回転しながら河を流されていくのを見たら、たったいま噴飯物の誤解と噴飯物のお喋りで二百マルクかせいだことの奇妙さが、もしかしたら理解できるようになるかもしれない。だが、私は上衣を放さない。さっきの二時間の面妖さを耐え抜いて、橋のむこう側にたどり着く。いま感じるすべては、できるならまだ先のことであろう死への共感のみだ。――なんてことだ、またもやもったいぶった意味ありげな文を！　本当のところは、万人のありふれた運命、つまり人生の最後には死がある、ということを感じたにすぎない。それればかりか、私はなぜ自分が上衣を河に投じなかったかもわかっている。あらゆる面妖さにもかかわらず、私はいまのところ狂っていないからなのだ。狂うことへの恐怖は、降伏への恐怖にほかならない。私は角を曲がって、活気のあるシャミッソー通りに入る。人々が忙しく動くさまを好感を持って眺める。だがその後、あるものが眼に入って、愕然とする。ヒンメルスバッハが、チラシのぎっしり入ったスーパーのカートを押して、通りを歩いているのだ。一軒一軒の前で足を停め、郵便受けにチラシを差しこんでいる。郵便受けのない家の前では、腰をかがめて、ドアの下のすき間から押し入れる。怖ろしいことが思い浮かぶ――ヒンメルスバッハが、私の代わりに敗残者になっている、と。はじめに彼がパリで挫折するのを見て以来、ヒンメルスバッハの役目は、敗残者の像を鏡像として私に見せ、私をおびえさせ戒めることにあったのだ。私は無力だ。頭が混乱し、狼狽が身内を走り抜け、眼に熱いものがこみあげる。歩みをゆるめて、路上に停められた車の蔭に隠れる。ヒンメルスバッハと顔を合わせたくないし、口をききたくない。彼は私のことも自分のことも理解していないだろうし、そして私には、この衝撃について彼に説明する気力もなければ、能力もないのだ。ヒンメルスバッハへの涙だと思ったのは当初だけだったことが、しだいに意識される。いま、涙はただ自分にむけられている。私だって、もしも進退窮まれば、チラシを配って街を歩いていただろう。自分が際限なく屈することができることをいつか否応なく公衆の面前に晒す日が来るのではないか、というのが、私のたえざる恐怖だった。さいわいなことに、ここでまた珍事が起こる。なかば彼に、なかば私にとっての衝撃から私を解放してくれたのは、またぞろヒンメルスバッハだった――これで二度目、やつは体を屈めて、車のサイドミラーを見ながら、髪を梳かしたのだ。ヒンメルスバッハよ、と私は温かい気持ちでののしる、そこまで落ちてもまだ格好いいと思われたいのかよ。私の同情はこのバカバカしさにはつきあわない。空気の乾いたブティックに入り、エアコンが涙を乾かしてくれるのを待つ。

# 11

水曜日の昼前、リーザの部屋だったところに撒き散らした落ち葉をまた集める。近いうちにズザンネが私のアパートに出入りしはじめるだろう。消え去った苛立ちについて彼女と（というか誰とも）語りあいたいという欲求はない。何枚かの葉に小さな黒い甲虫がついていて、それが日を経るうちに葉からこぼれ落ち、絨毯の合織の毛の中で死んでいる。というか、針の頭ほどしかないその虫の少なくとも二匹には、生きているのにお目にかかった。ちょっとしたパニックになった私は、タンスから掃除機を出してまずリーザの部屋を、ついで廊下を、さらに残りの部屋を掃除する。リーザがいなくなってから、アパートをこれだけ徹底的に掃除したのはおそらくはじめてだ。ほとんど一時間かかる。しまいに汗びっしょりになり、虚脱状態になって、椅子にへたりこむ。およそ十五分後、虚脱の中心から、落ち葉の中を歩いた記憶と少なくとも同じぐらい古い、子ども心に面白かった記憶の光景が浮かんでくる。屋根のない、石炭を運搬する古いトラックが中心を占める光景で、私の前というか、私の中というかで、一連の動きのある映像が展開する。石炭トラックが角を曲がり、当時私の家族が住んでいた横町に入ってきて、賃貸アパートの前で停まる。荷台の周囲に開閉できる扉《あおり》がついているがたがたのトラックだ。おおかたオペル・ブリッツか、戦前モデルのハーノマークかなにかだろう。石炭の粉塵でまっ黒になった男がふたり、運転手と助手だが、運転席から飛びだし、建物の側に近いあおりを開く。そしてフードみたいな、服よりもなお黒い帽子を頭にかぶると、練炭、コークス、無煙炭などが入った重い石炭の袋を荷台から降ろして、地下室に運びこむ。地下室の窓が通りにむかって開いているので、男たちは何度かその窓からじかに袋を落としこもうとする。労力節約の試みはうまくいかない。建物の壁に石炭がばらばらとぶつかって、歩道に散らばるだけだ。もうもうと起こった粉塵がまわりにひろがる。ちょうどそのとき、十四歳の私が角を曲がってやって来て、この光景に長すぎるくらい長く眼を凝らす。いくらもたたないうちに、私はすでにある結論に達している——眼前に散らばっているこの石炭は、人生のままならなさのいちはやい証明なのだ、と。とはいえ、同時に私は汚いものがひろがっていくのを楽しんでもいる。石炭運びの男が仕事を終えるまでずっと見物し、つぎに起こるものを待ちかまえる。間の抜けた主婦が玄関先に出てくる。ほうきを手にして粉塵を掃き集めようとする。うまくいかない。ますます埃が舞うだけだ。ただ、しごくゆっくりではあるが、掃き寄せるうちにたしかに全体として埃の舞う量は減っている、それは認めなければならないが。少なくとも十分間、ほうきを手にした女は自分がたてた粉塵につつまれて幻影と化しながら、倦まずたゆまず動きつづけ、人生はままならないという私の感想をいっそう強くする。同時に私は、粉塵が女の髪の毛といわず服といわず侵入していくさまに魅入られている。説明のできない、感じたことのない快感をおぼえる。そこにいた時間の半分に達するより前に、変化した私の眼は、埃につつまれた眼前の人生を一般論としての〈埃まみれの人生〉に変えている。そして、大多数の人々がなぜにこんな人生をすんなりと受け入れているのか、ふしぎに思う。埃まみれの人生を自分はすんなりとは受け入れられない、と子どものときすでに思ったのかどうかは、いまはさだかではない。それとも長きにわたってあれやこれやと存在許可をさぐり、そのプロセスを経たすえに、ようやく受け入れられるようになるのだろうか。そのプロセスはいまもまだ続いているのだが、私の直感が間違っていなければ、それもそろそろ終りかけている。いまこの刹那にようやく思う——私が、意味づけてものを見ることの犠牲になったのは、たぶんこのときが最初だったのだ、と。石炭トラックが角を曲がってくるのを、いますぐに見たくなる。うら悲しくなった私はリーザのいた部屋の窓辺に寄り、通りを見下ろす。そのとき電話のベルが鳴る。チャッケルトと名乗る女性からだ。

わたし、おたくの電話番号を、バルクハウゼンさんに教えていただきまして。職場の同僚です。

はあ、そうですか。

バルクハウゼンさんが言うには、おたくの研究所の男性の方が、体験講座ですばらしい午後を過ごさせてくださったとかって。

はあ、まあ。

それでお訊ねしたいんですけど、わたしもおたくの研究所の、そういう、あの、そういう、午後の講座を申しこめますでしょうか。

ええっと、うう、はあ、よろしいですよ。

バルクハウゼンさん、ものすごく喜んでましてね、そのうちまたきっと電話してくると思いますわ。あのね、バルクハウゼンさん、あの晩生まれてはじめてテレビに出たんですよ。おたくのおかげだって言ってました。

おお、それはよかった、と私は言う。

ほんとですわねえ！　とチャッケルトさんが叫ぶ。

ここで本当なら電話を切るべきなのだ。ところがいたたまれなさが体を走り抜けているというのに、私はチャッケルトさんに来週の夕方、仕事が終わってすぐ、という〈予約〉を〈入れてやる〉。〈いつものように〉二時間二百マルクで。チャッケルトさんは喜び、私たちは話を終える。

電話後たちまち、子どものとき石炭トラックを見たのが、自分を巧妙にだました最初だったのだろうかと思案したくなるが、古い映像をたどるにはもはや記憶の糸口が見つからない。ほどなく雷雨がはじまり、しばらく屋根を激しい雨が叩く。母が言っていた格言が思い浮かぶ――稲光がすると牛乳が酸っぱくなる。リーザがここにいたら、大声で言っただろう――これぞまさしく夏の夕立ね！　雨が降ったあともぜんぜん涼しくならないのよ！　降る前とかわらず蒸し暑いの！　リーザと会うこともなくなってから、もう何週間も経つんだな、とふと思う。まるで、彼女が私の人生から永遠に去っていったかのようだ。すぐさま私は訂正を入れる――まるで、じゃない。現実に去っていったんだ。最近ずっと彼女に顔を合わせていないことを、よかったとすら思う。もし会っていたら、得意げな報告をする誘惑に抗えなかったことだろう。ねえ、きみ、想像できる？　僕は研究所を主宰してるんだ、現実にはないのにさ、おまけにそれで金まで稼いでるんだよ、じつに現代的な生き方だろ！　考えてもみてよ、意味ありげな口をきく人間にはぜったいなりたくなかったのに、いまじゃときどき意味ありげな口をきくんだ。あとね、また女性とつきあいだしたんだ！　それからこれがいちばん信じられないことだけど、うまくいけば、僕は、《ゲネラールアンツァイガー》紙で定期的に金を稼げるようになるんだ！　私はリーザが面食らうのにすぐ気づくだろう、そして偉ぶったことをもうひと言ふた言つけくわえずにはいられないだろう。僕の不在感が去っていくんだ、きみもそう思わない？自分の人生を傍観しているようなことは、もうしたくないよ。外の世界が僕の中のテクストに合うのを待っているのはもうやめだ！　自分の人生を盲目のまま通り過ぎていくのはやめるんだよ！

こういった言葉を口に出さずにすんだことがありがたい。ようやく思考から、リーザが出ていく。生きのびたあとの静けさは面妖だ。闘いなどまるでなかったかのように、あたりがふいにしんとする。アパートの中を見回す。遠くないところに、古い新聞が置いてある。〈議会、紛糾〉という見出しを〈議会、貧窮〉と間違って読んでしまう。議会の内部を見たことはないが、議会が貧しさに喘いでいることをついに自分から認めたのか、と一瞬悦に入る。雷雨は去り、家々の前庭の芝生が輝いている。まだ夏は終わっていない。家の窓はどこも開け放たれている。二週間後は私の誕生日だ。これまでの多くの誕生日と同じく、忘れるか無視するかするはずだったのだが、ズザンネが子どものときから私の誕生日を知っていて、祝う気でいる。会ったこともないチャッケルトさんのことを考える。彼女に対してどうするか、なんの考えも浮かばない。今夜は夏祭りがある。《ゲネラールアンツァイガー》の取材で出かけ、メッサーシュミットのために〈かるい〉（というのはメッサーシュミットの言葉だ）記事をひとつ書くことになっている。ズザンネには、夏祭りにいっしょに行かないかと何気なく誘った。またさらに何気なく《ゲネラールアンツァイガー》の取材なんだ、と告げた。ズザンネが反応しなかったところをみると、何気なさが功を奏したのだろうと判断した。今夜ズザンネに、冗談から生まれたいかさま研究所で金を稼いだ話を話すかどうかは思案中だ。ズザンネはきっと吹きだすだろう。そして研究所の話題はそれきり忘れられるだろう。

しばらく後、落ち葉を詰めたポリ袋三つを持って、外に出る。袋から落ち葉を空けるところを人に観察されたくない。ひとけのない小さな緑地をさがし、背丈ほどある繁みのあいだに入っていく。繁みと繁みのちょうどまん中で、袋を空ける。つぎにリーザの、ないしは私の口座を見にいく。預金を下ろすはじめての試みが失敗して以来、この小さな支店には足を踏み入れていない。その前に、ドミニカーナー通りのパン屋で焼きたての白パンを買う。パンはまだ温かく、リーザとズザンネの肉体を同時に思い起こさせる。一瞬面食らったが、この同時性を受け入れる。パンを小脇にかかえ、そうやってふたりの女の匂いをできるだけ身に近寄せる。銀行では新しい顔と新しい細部にでくわす。これまで見たことのないうら若い女性行員が、払い出しの書類に記入している私をじっと観察する。私は彼女のほうに出金票とキャッシュカードを滑らせる。行員は書類とカードを検分し、その間、私は最近数週間の取り引きを見る。予期していたとおりだ。リーザは私を捨てた（この表現にはこだわっておく）いわば手切れ金として、口座の預金を私に委ねていった。より正確に言えば、この二年間で使い切れなかった年金の残額を。行員は私の署名とカードが本物であり、私がリーザの口座から金を引きだす正当な権利があることを確認する。私は下ろした金を財布にしまいながら、子どもの頃からなじんでいる羞恥の感覚がすうっと体を走り抜けるのを感じる。往来に出ると、抑えきれずに白パンの一角をちぎる。人差し指をパンの内部に突っこみ、歩きながらひとくち分をほおばる。

蜂蜜色の空は、夕暮れまで色を変えない。ズザンネはインド更紗で、背中が半分開いたシンプルな仕立てのライトグレーの袖無しワンピースを着ている。首には赤と黒のスカーフ。装飾品はいっさいなし、イヤリングも、腕輪すらつけていない。化粧も控え目で、機嫌がいい。夏祭りのハイライトとして、マルクト広場でレーザーショーがある。ズザンネはレーザーショーを見たことがない。僕もだよ、とはズザンネには言わない。それに、見たいと思ったことも一度もないのだが、そのことも黙っておく。自己の分裂を生々しく感じているぶんだけ、夏祭りにやってきたほかの大勢よりも自分は現代的だ、と思う。マルクト広場の中央、トレーラーの荷台に置かれた巨大な投光装置に、私もズザンネもしばし無言となる。この装置から一、二時間のあいだ、空にむかって色とりどりの光束が発せられるのだ。マルクト広場のぐるりには、シャンパンやグリルやブレーツェルの屋台や売店が並んでいる。左側はオープンエアーの映画上映が準備されている。〈愉快なアニメ映画〉を〈オールナイト上映〉するのだ。反対側は〈ライブ・ステージ〉で、後ほど〈ウェーブズ〉が登場して演奏するらしい。主催者のひとりがマイクを握って、この会場全体を、〈パーティ・マイル〉と命名する。まわりの路地からわらわらと人が集まってきて、広場に散っていく。たぶんこういう人たちが、バルクハウゼンさんが体験プロレタリアートと名づけた人たちなのだ。私は人々を眺めている、と同時に眺めていない。彼らを知っている、と同時に知らない。彼らに興味を持つ、と同時に持たない。彼らのことは知りすぎるほど知っている、と同時にまだまだ知り足りない。ズザンネが小麦色に日焼けしたウェイターたちを見つめている。まるで全員が地中海に貸しヨットを持っていていまちょっと人に貸している、といったふうに見える。地面に着きそうな長い白いエプロンが汚れないように気をつけている。若者は顔で笑い、年配者は体で笑う。もしもまだ世界が批判されうるのだとしたら、私は誰が誰を騙《だま》し、利用し、欺《あざむ》き、搾取しているのかを見きわめなければならないだろう。だが、メッサーシュミットは〈かるい〉記事しかほしがっていない。別の主催者が、マルクト広場を〈お楽しみゾーン〉と命名する。ぼろぼろのズボンにアンダーシャツというなりの刺青をした男がふたり、一本のオレンジジュースを回し飲みしている。そろってイヤリングと鼻ピアスをし、頭はスキンヘッドだ。腕はいま飲んでいるオレンジジュースのプラスチックボトルぐらいの太さ。飲み物の入ったグラスを手に歩き回ることが、ものすごい経験なのだろう。祭りに来る大半の人が作り物の人生を本物だと思いたがっていることが、手に取るようにわかる。ズザンネと私のそばを通り過ぎていった女が、連れの男の耳にこう怒鳴る――自分の人生を探究することが自分の人生だなんて、わたし嫌よ。別の女が言っている――わたしには青春なんてなかった、知ってるでしょ。ひとりの男は、ぼくは一夫一妻制を支持する理想主義者だと言って、焼きソーセージにかぶりつく。別の男が連れの女に慇懃に言う――きみは幸せだよ、ぼくを知っててさ。ズザンネが私を見つめて、肩をすくめる。夕闇がゆっくりと降りてくる。〈ウェーブズ〉がステージに上がり、楽器を調律しだす。オープンエアー・シネマで、トムとジェリーの映画の上映がはじまる。私は無数の観察をし、そこから〈かるく〉ないものを選り分ける。たぶん今夜、私は世界を粉飾する一大チームのメンバーに加わるのだ。たちまち警告の声がする――なんてことだ、そんな大仰な物言いをする感性からこそ、自分は逃れたかったんじゃないのか。誰もが世界の一大事（だと自分が思うこと）で頭を一杯にしていたがる。ただそれだけのことだ。誰もが、世界への帰属感をでっちあげることに汲汲としている。ズザンネがシャンパンを二杯買ってくる。私たちは〈ウェーブズ〉のたてる轟音から逃れ、ステーキ屋台の後ろの壁にもたれる。それぞれの時代の娯楽がそれぞれの時代の人間にいつでもぴったり合っていることの不思議議についてお喋りする。

レーザーショーは、五〇年代にはどうしてなかったのかしら、とズザンネが訊ねる。五〇年代にレーザーショーをやるには、まだみんな戦争の記憶が強すぎたんだ、高射砲を思いだしちゃうからね。

高射砲って？

地上から飛行機を撃ち落とす砲だよ、と私は答える。戦時中、巨大なサーチライトを空に投じて、敵機をさがしたんだ。

なるほどね。でも、わたしやっぱり、そうじゃないと思う。

ほかに説明がつく？　五〇年代には、レーザーショーは必要なかったの。だって、退屈の世界支配がまだいまほど進んでなかったから。

私たちは笑い、シャンパンを飲む。私はひとりの女をしげしげと見ずにはいられない。ブラウスの胸に〈ハーモニー　シンフォニー　メモリー〉という言葉が印刷されている。掌ほどの大きさの文字が、スパンコールであしらわれて女の胸を走り、女が動くにつれてきらきらと輝き、いっしょにかすかな音も立てる。役所の文化部局長が、レーザー装置台に登る。このたびこのような〈光のスペクタクル〉を当市で開催できますことは、わたくしの喜びであります。拍手。設置しましたのは、ぜんぶで十五機、そのいずれもが、四十キロ先まで届く光線を発します。拍手。合計しますと、今夜消費される電力は、およそ五十万キロワットにのぼるのであります。拍手。およそ百個の特製ライト、そして十個あまりのひとつひとつ違った投光システムが、こちらに設営されております。拍手。私はメモをする。ズザンネが私のシャンパングラスを持って、私をじっと見つめている。破滅に瀕していた私の人生の不穏は、かろうじて見つかった逃げ道への興奮に変化した。とはいえ、人々の陽気さや期待に共鳴することはできない。こうした陽気な人々が、一方が得になるとなにかの拍子に思ったとたん、掌を返したようにそろって冷酷になることに疑いはない。私は手を染めているのだ、厭わしい仕事に。というか厭わしさに係わる仕事に、あるいは現実の厭わしさに。――目下、これらの区別をつけることができない。この仕事にたじろぎ、この瞬間、あしたメッサーシュミットに電話して、申し出を断ることはありうるな、と思う。このあたりに、どこか上衣を投げることのできるガラクタ《ゲレル》だらけの斜面はないものか？　だがここにあるのは、ジュークボックスや食べ物の屋台や、売店のみ。ガラクタの想念は、このまま心に抱えて歩き回るしかない。ふいに、頭上に、十二歳ぐらいの男の子を見つける。ベランダに隠れ家を作っている。手すりの鉄柵と物干し用の二つのフックのあいだに一本のひもを渡し、そこに毛布を掛ける。毛布を洗濯ばさみで留め、ときおり点検する。何度か隠れ家から出てきて、アパートの部屋に戻り、またあらたに毛布や布や枕を持って、ベランダに戻る。ときおり、マルクト広場の雑踏を上からちらりちらりと見下ろす。ベランダは、簡素な賃貸アパートの四階にある。私はズザンネの注意を促し、少年とその子の隠れ家のことを教える。男の子が私の心情を救ってくれたことに、ズザンネが気づいたかどうかはわからない。私は天使のことはかいもく知らないし、天使を信じてもいないが、しかしいま、あの子がただ私のためだけに天と地のあいだに浮いていることはありうると思う。労働と時間の混沌から逃《のが》れることを、あの子が私に許してくれる。逃れられない出来事のただなかにいながら逃れることを、私に可能にしてくれる。いまちょうど、男の子は隠れ家の屋根を作っているところだ。洗濯ひもをまた一本、ベランダの壁の中ほどについているブラインドの留め金とベランダの手すりのあいだに渡す。ひもをぴんと張り、そしていちばん最後に、先に運んでおいた毛布を投げかけて、両端を洗濯ばさみで留める。隠れ家の入口はベランダの戸のほうにむいている。その戸の背後にはおそらくキッチンがあるのだろうが、明かりはついていない。アパートはどの部屋も暗い。おそらく少年の両親も、このマルクト広場を浮かれ歩いているのだろう。隠れ家は、手すりにそって二枚の毛布が突き合うようにできている。少年はときおり毛布の縁から手を出して、外を見るために毛布を細めに開ける。毛布のあいだから子どもの白い手が現れて、かすかにその子の動かぬ顔が見える一瞬は、言語に絶する一瞬であり、もしも天使がいるならまさに天使だけに特有な一瞬だ。少年はしばらくアパートに姿を消す。オープンエアー・シネマの観客は、もっとどぎつい大きな刺激が別の場所で起こりそうになるたびに、頭をいっせいに動かす。文化部局長がレーザー装置から降りる。すぐあと、最初の光束が空にむかって放たれ、天空で回転する。〈ウェーブズ〉が広場中に響くリズムを叩きだす。少年がふたたびベランダに出てくる。食糧の包みとミネラルウオーターを一本持って、隠れ家に入る。たぶん長期滞在に備えるつもりなのだ。ズザンネと私はもうしばらくぶらついてから、夏祭りを後にする。ズザンネはくたびれ、いくらか酔っている。すぐ床に入って寝たいという。私は彼女を家に送り届け、それからもう一度、マルクト広場に戻る。いましばし、男の子の隠れ家を見つめていたい。少年は一度、毛布のすきまを手の幅ほど開けて、波のようにうねるどよめく群衆をひとしきり見わたす。疑りぶかい、巻きこまれずにすんだ者の視線で、私の視線であってもおかしくないかもしれない。たっぷり一時間してから、私もようやく家に戻り、床につく。翌日の昼、《ゲネラールアンツァイガー》に出かけて、メッサーシュミットにかるい記事を届ける。きのうの隠れ家がどうなったか見たくて、マルクト広場を通る。まだあった。しばらく見上げていたが、少年は姿を見せない。たぶん学校だろう。数分後、母親とおぼしい女性がベランダに出てくる。彼女はベランダからバケツを取って部屋に戻るが、隠れ家を壊さないように、気をつかって動いている。きのうの夏祭りは影も形もない。レーザーショーも、〈ウェーブズ〉のステージも、オープンエアー・シネマも、拡声器も、屋台も、あとかたもない。

# 訳者あとがき

小説の舞台はどうやらドイツの金融・商業都市、フランクフルトであるらしい。急ぎ足に行き交う人の波のなかを、ひとりの男がどこへむかうということもなく、ぶらついている。四十六歳、無職。この「私」のたったひとつの収入源は、高価な靴の試作品を履いて、どこということなく街を歩き回り、履き心地についてレポートを書くこと。一足あたり二百マルク、とうてい充分とはいいがたい実入りで、生活の資はもっぱら長年の恋人リーザに頼っている——正確には、頼っていた。たったひとりの理解者だったはずのリーザが、ついこの間、とうとう彼を見限って、去っていってしまったのだ……。

主人公は高等教育を受けたインテリのようだが、職がない。というよりも、職に就こうとしていない。「働くことによって心に葛藤が生じる」から、「やむなく働くのを避けている」というのだ。どうやら彼は、現代社会のなかに組み込まれることを拒んで（拒むしかなく）、そこから落伍することを選んだ（選ぶしかなかった）人であるらしい。

そもそもこの人、自分の人生に「存在許可」を出した憶えがないのだ。自分がいいと言っていないのに、やむなくこの世に生きている、という思いからどうしても逃れられない。間違って生きているような居心地の悪さ。「消えたい病」にしたがってこの世からおさらばするか、それとも「上衣を投げて」発狂してしまうか、じつは深刻な生存の危機にある。

この社会のいわばよそ者となった主人公は、こうして遊歩の人となる。「逃避の理由から」やたら街を歩き回るわけだ。そして遊歩の途上で幾人もの知人（なぜかたいていは過去のガールフレンド）に出会い、さまざまな路上のシーンに目をとめ、さまざまな想いをめぐらし、ときには子どもの頃の記憶を呼び戻す。はてしないモノローグ。なにを見ても考えずにいられない、おまけに、ものを考えている自分自身のことを四六時中考えてしまう。ほとんどビョーキだ。

主人公が生きている世界は、退屈をなにより恐れてたえまなく娯楽が生みだされ、「どぎつい大きな刺激がべつの場所で起こりそうになるたびに、人々が頭をいっせいに動かす」社会だ。だれもが偉い人になりたがり、成功者と敗残者を作りだす社会でもある。主人公の周辺にも、虚しさや無為感に悩む人、夢破れ、失意のまま生きている友人がたくさんいる。視線は、おのずとこの社会の敗残者たちにむかう。といっても、遊歩しながら世界と自分を見つめるこの人には、世界を斜に構えて見るような衒いもなければ、存在に苦吟するような重たいことばの身ぶりもない。頭に浮かぶのは、一見とりとめのない、いささか常軌を逸した（相当にオカシく、かなり可笑しい）想いばかり。

「私は床に眼をやり、あっちこっちにたまっている綿ぼこりをじっと眺める。ほこりってのは、なんておかしなくらい知らないうちに増えるのだろう！　ふいに、いまの自分の人生を形容するのに、〈綿ぼこり化〉という言葉がぴったりだと思いつく。まるっきり綿ぼこり的に、私もはんぶん透きとおっていて、芯がふにゃふにゃで、見た目従順で、度外れになつきやすく、おまけに口数が少ない」

――「足元をちゃんとすること」が求められ、「たえず自分を整えつづけて」いる社会のはずれ者は、綿ぼこり的に生きるのだ。押しつけがましさや図々しさになによりも羞恥をおぼえるらしいそのまなざしは、滑稽で、皮肉で、ちょっと哀切で、そしてつねに距離を保っている。距離を持った眼で自分と世界とを観察しつづけることが、この人の生きる術である。

「ぴかぴかの新しい靴を履いて一日中歩き回るだけでいいんだ、それで歩きながらどんなことを感じたか、できるかぎり正確に報告を書くんだ」——あらためて、これが靴の評価をするために本作の主人公に与えられた課題だが、「どんなことを感じたか、できるかぎり正確に報告を書く」とは、靴の履き心地に対してだけではなく、この世界と自分とを知覚するまなざしに対して言われていることでもあるだろう。距離を持った視線は、みずからの心中にわきあがってきた想念をもたえず精査し、相対化する。言葉はかたちになったとたんに、嘘をつくからだ。物語はいともたやすく作られる。知覚にせよ記憶にせよ思考にせよ、自分の、あるいは社会の既成の物語へと整序して安心することへのいたたまれなさ。だから主人公は、自分にも世界にも距離を保ちつづけ、「真実のいくつものバージョン」をくだくだと考えつづける。

「綿ぼこり的」で、「うわの空」で、「回りくどく」て、そして生きのびるために「気を逸らす」ことがすばらしい。遊歩する人の眼は、とてつもなく瑣末なことにとまるのだ。馬の毛のブラッシングに没入する娘、「掃除機と化した」母親を眼で捜している少女、無心に洗濯物を干す女の、物干しの紺色のシャツから突き出す腕、ベランダに出てはまたひっこむことをはてしなく繰り返す主婦、経帷子のようにはためくシーツ。あるいは植物の葉に水が当たるときのぱらぱらいう音、濁流のなかを浮いたり沈んだりしている小舟……。なんでもない情景が、人生のままならなさとともに、この人のまなざしによってはじめて見えてくる。人生のなかに「主要なことと瑣末なこと」の序列を設けてしまった知覚では、とらえられなかったものごとだ。「人生の面妖さ」を表す言葉だというヤブ《ゲシュトリップ》やガレキ《ゲレル》や包み紙のカサカサ《ゲレッシエル》（ちなみに、すべてGeではじまる言葉遊びになっている）など、あまりに突飛すぎてときおり煙に巻かれた気分にさせられながらも、この人のおかしな視線を追ううちに、読み手もまたなぜか心がかるくなる。ふしぎに救われる気持ちになる。

「落ち葉の部屋」に掃除機をかけ（！）、ぎりぎりのところで社会に踏みとどまった主人公が、広場の群衆の上に浮かびながら隠れ家を造る少年を見つめつつ、「逃れられない出来事のただなかにいながら逃れる」希望をみいだすラストシーンが印象的だ。たっぷり皮肉に満ちて可笑しくて、重いけれどもかろやかな筆つき――すぐれて現代的で批評的な作家、ヴィルヘルム・ゲナツィーノの人生へのスタンスには、心から喜びがわいてくる。

最後に作家の経歴について。やっぱり一風変わっている。一九四三年、ドイツのマンハイム生まれ。ギムナジウム（中等高等学校）を中退して、十七歳の頃からジャーナリズムに係わった。一九六五年に処女作『ラスリーン通り』でデビュー（だが二作目の小説を発表するのはその十年後のこと）。三十代であらためて高校卒業資格を得、四十代の前半に大学生となって、フランクフルト大学でドイツ文学、社会学、哲学を学ぶ。ラジオドラマを執筆するかたわら、フリーのジャーナリストとしていくつかの出版社で雑誌および新聞の編集に携わっていたが、一九七七年、会社員の内面を描いた『アプシャッフェル』三部作が認められた。『染み・上衣・部屋・痛み』（一九八九）、『魚たちのホームレス』（一九九四）、『そんな日の雨傘に』（二〇〇一）、『女・住みか・小説』（二〇〇三）、『愛の衰弱』（二〇〇五）、『ミドルレベルのホームシック』（二〇〇七）、『幸とおき時代の幸』（二〇〇九）など著書多数、いずれの作品も多くの読者を獲得している。長い間、ごく一部の愛好者にしか知られていなかったが、本作『そんな日の雨傘に』がテレビの文学番組で絶賛されたのをきっかけに、一躍脚光を浴びたとのこと。二〇〇四年にドイツ最高の文学賞であるビューヒナー賞を受賞したほか、フォンターネ賞、クライスト賞など、数々の文学賞を与えられている。七〇年から九八年までフランクフルトに在住し、九八年にハイデルベルクに転居したが、二〇〇四年にまたフランクフルトに戻り、現在もこの都市で暮らしているそうだ。

最後に、白水社編集部の藤波健さん、いつもに増してお世話をおかけしました。またご助言を下さった方々に心よりお礼を申し上げます。

鈴木仁子

訳者略歴
一九五六年生まれ
名古屋大学大学院博士課程前期中退
椙山女学園大学准教授
翻訳家
主要訳書
クリューガー「生きつづける―ホロコーストの記憶を問う」（みすず書房）
カイザー「インゲへの手紙」（白水社）
ケルナー「ブループリント」（講談社）
ハントケ「私たちがたがいをなにも知らなかった時」（論創社）
トゥルコウスキィ「まっくら、奇妙にしずか」（河出書房新社）
ベーレンス「ハサウェイ・ジョウンズの恋」（白水社）
ゼーバルト「アウステルリッツ」（レッシング翻訳賞受賞）
「移民たち」
「目眩まし」
「土星の環」
「空襲と文学」（以上、白水社）

〈エクス・リブリス〉
# そんな日の雨傘に
二〇一〇年五月三一日 印刷
二〇一〇年六月二〇日 発行

著者 ヴィルヘルム・ゲナツィーノ
訳者© 鈴《すず》木《き》仁《ひと》子《こ》
発行者 及川直志
印刷所 株式会社三陽社
発行所 株式会社白水社
東京都千代田区神田小川町三の二四
電話 営業部〇三（三二九一）七八一一
編集部〇三（三二九一）七八二一
振替 〇〇一九〇-五-三三二二八
郵便番号 一〇一-〇〇五二
http://www.hakusuisha.co.jp
乱丁・落丁本は、送料小社負担にてお取り替えいたします。

誠製本株式会社

ISBN978-4-560-09010-7

Printed in Japan